길가메시와 난민 소년

장 편 소 설

길가메시와 난민 소년

이상미 지음

기억을 남긴 이와 기억을 되찾은 이의 새로운 서사

이십 년 전 일이다. 마차를 타고 가는 왕의 모습이 표지에 그려진 외국 그림책을 보았다. 당시 그림책은 3권 시리즈였는데, 주인공이 길가메시였다. 길가메시? 호기심이 생겨 찾아보니 그때는 국내에 길가메시 서사시와 관련된 책이 딱 한 권 나와 있었고, 수메르 신화이며, 세계 최초의 서사시라고 소개되어 있었다.

나는 길가메시를 소재로 한 수메르의 신비한 신화를 추리하는 만화 스토리를 쓴 적이 있다. 그러나 이런저런 사정으로 책으로 나오지 못했고, 꽤 오랫동안 길가메시를 잊고 지냈다.

그러다 고양시 일산서구 대화동으로 이사를 왔고, 얼마 전부터 머리와 목을 가리는 히잡을 쓴 여성들을 길에서 많이 보게 되었다.

그들을 보니 길가메시 서사시가 다시 떠올랐다. 그중 이라크에서 온 사람이 있다면, 길가메시의 후예일 것이다. 그들에게 길가메시의 영혼이 깃들어 있을지도 모른다는 재미있고 신비한 생각이 들었고, 수많은 나라 중 그들이 왜 하필 이곳 대화동에 왔는지 생각해 보았다. 그러다가 인연들의 만남은 반드시 같은 장소가 아니어도 이어지는 게 아닐까, 하는 생각에 닿았다.

길가메시 서사시

아주 오래전, 우루크라는 도시에는 길가메시라는 왕이 살고 있었다.

길가메시는 키가 크고 힘이 아주 세고 강했다. 머리도 똑똑했다. 그러다 보니 자신을 신이라 여기고, 백성들을 괴롭히며 자기 마음대로 행동했다.

백성들은 너무 힘들어서 신들에게 도움을 청했고, 신들은 길가메시와 맞설 수 있는 사람을 하나 보냈다. 그 사람이 바로 엔키두이다.

엔키두는 숲에서 동물들과 함께 살던 사람이었다. 그는 도시도, 왕도 잘 몰랐지만, 마음이 곧고 힘도 대단했다.

엔키두는 길가메시를 찾아갔다. 둘은 만나자마자 서로 싸우기 시작했다. 힘과 힘이 맞부딪히는 큰 싸움이었고, 승부를 가릴 수 없을 만큼 팽팽했다.

길가메시는 처음으로 생각했다.

'나처럼 강한 사람이 또 있구나.'

두 사람은 싸움을 멈추고 친구가 되었다.

엔키두와 친구가 된 길가메시는 조금씩 달라졌다.

엔키두의 말을 들으며 나쁜 왕이 아니라 좋은 왕이 되려고 노력했다.

둘은 힘을 합쳐 무서운 괴물 훔바바도 물리쳤다.

하지만 엔키두가 갑자기 병에 걸려 죽게 되고, 길가메시는 너무 슬퍼서 울고 또 울었다.

'나도 언젠가는 죽겠지?'

길가메시는 죽지 않으려고 아주 멀리 여행을 떠났다. 그리고 오랜 고생 끝에 불로초라는 신기한 풀을 얻었다. 먹으면 죽지 않는 풀이었다.

그런데 잠깐 쉬는 사이, 지나가던 뱀이 그 풀을 먹어 버렸다. 길가메시는 결국 빈손으로 도시로 돌아온다.

"죽지 않는 게 중요한 게 아니라, 어떻게 살았는지가 중요한 거구나."

길가메시는 자기가 만든 도시와, 사람들과 보낸 시간을 바라보며 죽음을 받아들이기로 한다.

그는 사람답게 살았던 왕으로 기억되었다.

길가메시가 끝내 손에 쥔 것은 영원한 삶이 아니었다.

만약 사람이 다시 태어날 수 있다면, 환생이 존재한다면 길가메시도 엔키두도 모두 다시 태어나 각자의 삶을 살지 않을까? 그러다 어느 날 서로 만나면 자석처럼 끌리지 않을까? 그런 생각이 들었다.

《길가메시와 난민 소년》은 바로 그 마음에서 시작된 이야기다. 신화 속 왕이 현대 난민 소년으로 되살아난다면, 그는 과연 무엇을 기억하고, 어디로 나아갈까?

죽음이 두려워 영생을 꿈꾸는 길가메시의 영혼이 죽음과 공포의 잔해 속에서 근근이 살아가는 소년을 만났을 때, 그들은 서로가 한 몸임을 느낄 수 있을까?

길가메시는 '죽지 않는 영원한 삶'을 찾아 나섰지만, 결국 살아있을 때의 '기억을 남기는 이'가 되었다. 타히르는 살아남기 위해 도망쳤지만, 결국 '기억을 되찾는 이'가 된다.

고대의 신화가 현대 전쟁터에서 다시 살아 숨 쉬는 순간, 신의 이야기는 인간의 이야기가 된다.

'기억한다는 것'은 곧 '살아있다는 것'이 아닐까? 그렇다면 길가메시는 여전히 살아있고, 결국 스스로 영원한 삶을 얻은 셈이다.

이 책을 쓰는 동안 난민 소년 타히르와, 우리나라에서 태어났지만 같은 나라 사람으로 여겨지지 않은 외모로 섞이지 못한 아민. 최대한 그들의 마음이 되어 보고자 했다.

전쟁과 공포로 집을 떠나 난민이 되어 형까지 잃고 어디로 가야 할지 모르는 막막한 하루하루를 보내는 타히르 가족의 마음을 들여다보았다. 태어나고 자란 나라에서도 늘 이방인 취급을 받아 속상한 아민의 마음을 헤아려 보았다.

과거의 길가메시와 엔키두, 현재의 타히르와 아민. 둘 사이 평행선과 같은 일이 반복될 수 있다고 가정했다. 다만 과거의 결투는 서로의 갈등으로, 훔바바와의 싸움은 보이지 않지만 사이버 폭력으로 표현했다.

비록 이야기일지라도 길가메시와 엔키두, 타히르와 아민이 여기 우리나라 역사의 시작을 다시 쓴 가와지 볍씨가 발견된 역사의 현장에서 만나는 것은 우연이 아닐지도 모른다.

모든 영혼이 전하는 말을 받아 적은 듯하다.

2026년 1월
작가 이상미

목차

타 히 르

타히르
1장

1. 낯선 거인

교실 문이 열렸다. 아이들은 문이 열리든 말든, 떠들거나 책상에 엎드려 머리를 박고 있었다.

담임선생님이 문을 열고 들어오고, 그 뒤로 커다란 덩치가 따라 들어왔다.

몇몇 아이들이 동시에 고개를 들었다. 갑자기 볼륨을 끈 듯 교실 안이 조용해졌다.

중학생 중에는 선생님보다 큰 아이들도 있었지만, 이 친구는 그냥 큰 정도가 아니라 유난히 컸다. 다른 교복을 입고 있는 걸로 보아 전학생이다.

"애들아, 새 친구가 왔다."

선생님이 덩치 큰 전학생을 앞으로 서게 하며 아이들에게 소개했다.

"헐, 뭐야?"

교실 앞에 선 전학생은 어색한 기운을 못 견디는지 먼저 씩 웃었다. 크고 하얀 이가 드러났다.

"안녕! 나는 타히르 아흐메드 알칼림!"

말투가 어설픈데 목소리는 컸다.

"그래서 이름이 뭐라는 거지?"

"타히르."

담임선생님은 칠판에 분필로 타. 히. 르, 라고 썼다.

그리고 그 아래 '이라크'라고 쓰고, 말했다.

"이름은 타히르, 이라크에서 왔어."

그러자 아이들 몇 명이 중얼거렸다.

"이이라크으?"

"아민, 네 친구 왔다."

담임선생님은 반 아이들을 훑어보더니 말했다.

"타히르 자리는 저기 가운데 맨 뒷줄, 세아 바로 뒤에 앉으면 된다. 앞에 앉게 하고 싶어도 타히르가 체격이 커서 어쩔 수가 없네."

아이들이 세아와 세아 뒤 빈자리를 쳐다보았다.

담임선생님은 나머지 할 말을 하듯 세아를 보며 말했다.

"세아가 이것저것 알려주고."

반 학급회장인 세아는 어깨를 으쓱했다. 타히르는 담임선생님이 가리킨 자리로 걸어갔다. 몸집이 커서 그런지 쿵쿵거리는 느낌이었다.

선생님이 나가자 아이들이 타히르에게 쭈뼛쭈뼛 몰려들었

다. 어디서 왔냐, 무슨 음식 좋아하냐, 운동은 하냐, 온갖 아는 영어와 보디랭귀지를 동원하여 대화를 주고받았다.

타히르는 어눌한 말이지만 멈추지 않고 아이들 물음에 일일이 대답했다. 대답하다가 몸으로 흉내를 내기도 했는데 그 모습이 우스꽝스러워 보였다.

아민은 다가가지 않고 그 모습을 말없이 지켜보았다. 외모로만 보면 타히르와 아민은 얼핏 같은 나라 사람 같았다. 물론 그건 한국 사람들의 눈으로 볼 때였다. 정작 그들끼리는 서로 다르다는 걸 느끼는 듯했다.

첫 수업은 국어 시간이었다. 국어 선생님은 아이들을 휙 둘러보다가 타히르를 보고, 아민을 보았다.

"네가 전학생이구나!"

국어 선생님은 바로 수업을 시작했다.

"92쪽 펴세요."

타히르는 수업 전에 어떤 책을 꺼내야 하는지 아이들이 알려주어서 미리 꺼내놓았지만, 같은 페이지를 찾기 위해 옆 친구들을 힐끗힐끗 쳐다보았다.

"우리 모두 전학생 친구가 다음 수업 시간 준비하는 거 미리미리 도와주자. 알겠지?"

선생님이 칠판을 탕탕 치며 "타히르? 타히르!" 하고 이름을 불렀다. 타히르가 놀라 앞을 보자, 선생님은 칠판에 '92'를 적었다. 타히르는 그제야 고개를 끄덕이며 책장을 넘겼다.

점심시간이 되자, 수호가 타히르의 어깨를 탁, 치며 말했다.

"팔로우 미."

수호는 따라오라는 듯 몸을 크게 움직였다. 몸 개그에 익숙한 수호의 몸짓을 보면 저절로 따라 하게 된다. 타히르는 수호를 따라 줄을 서서, 식판에 급식을 받았다. 급식 당번 아이들은 타히르에게 이것저것 많이 퍼 주었다.

그리고 타히르가 알아듣든 말든 한국어로 말했다.

"많이 먹어."

"야, 알아듣냐?"

"못 먹는 걸지도 모르는데 무조건 많이 주냐?"

세아는 자신이 굳이 나서서 도와주지 않아도 되는 상황이라 마음이 놓였다.

타히르는 "땡큐, 땡큐!"라고 연신 말하다가 "슈크란", "슈크란"이라고도 했다.

"슈크란?"

"슈크림빵 달라는 거 아닐까?"

타히르가 아이들의 말을 눈치챘는지 말했다.

"슈크란 이꼴 땡큐."

그러자 아이들은 타히르에게 한국말로 '고마워'라는 말을 알려 주었다.

"고, 마, 우어. 알아, 고마워. 고마, 워. 배웠어."

아이들은 타히르가 생각보다 빨리 한국말을 잘 따라 해서 감탄했다.

　타히르는 한국에 와서 한국어를 처음 배우던 때가 생각났다. 모든 게 낯설었던 타히르는 NGO 사무실 작은 방에서 자원봉사자 선생님을 처음 만났다. 자원봉사자는 아랍어과 대학생이라고 했다. 그는 자신의 이름을 적은 작은 종이를 타히르 앞으로 내밀었다.
　"이건 내 이름이야. 우주드."
　타히르는 이름을 읽으려다 말고 고개를 들었다.
　"우주드?"
　우진은 고개를 끄덕이며 웃었다.
　"원래 내 이름은 우진인데 비슷한 아랍어 말로 우주드라는 말이 있더라. 우주드는 존재라는 뜻으로 배웠는데, 맞니?"
　타히르는 고개를 끄덕였다.
　"나는 그 단어가 내 원래 이름인 우진하고도 비슷해서 그 단어를 내 아랍 이름으로 하기로 했어. 나를 형이라고 불러도 되고, 우주드라고 불러도 돼."
　멀리 온 이곳 한국에서 우주드라는 이름의 한국 사람을 만나서 이야기하는 게 신기했다.
　"우주드!"
　"네 이름은?"
　"타히르."

우주드는 타히르에게 아랍어로 말했다.

우주드와 타히르는 지금 여기 함께 있다고, 그게 자기 이름 우주드의 뜻이라고……. 타히르는 우주드에게 절로 마음이 열리는 기분이었다.

그는 타히르에게 한국에서 가장 많이 쓰는 말이라며, '안녕'과 '고맙습니다' 그리고 '미안해요' 이 세 가지 말을 가장 먼저 알려주었다.

"감, 사, 합, 니, 다."

우주드가 한 글자씩 천천히 말해 주자, 타히르가 처음 말을 배우는 아이처럼 한 마디씩 끊어서 말했다.

"감…… 사, 합, 니이, 다?"

"좋아, 아주 잘했어요."

칭찬받은 타이르는 이가 다 드러나 보이게 웃었다. 타히르는 한동안 이렇게 크게 웃지 않았다는 걸 떠올렸다. 우주드에게 배운 고맙다는 말을 실제로 사용해보니 재미있었다.

'오, 나, 배운 걸 잘 써먹네.'

타히르는 채워진 급식 판을 들고 와서 자리에 앉았다. 점심 메뉴를 들여다보았다. 손으로 집어 먹던 습관이 생각나서 마음속으로 손을 붙잡았다.

오늘 급식은 전주비빔밥이었다. 급식 판에 담긴 밥에 야채를 볶은 듯한 반찬과 볶은 고기를 넣고 반쯤 익힌 계란프라이와 간장이나 고추장, 참기름을 넣어 비벼 먹는 음식이었다.

타히르는 고기 냄새를 먼저 맡아보았다. 이슬람교인 그는 돼지고기를 먹지 않는다. 다행히 냄새로는 돼지고기 같지 않았다. 야채를 싫어하는 아이들은 이 음식을 좋아하지 않았지만, 타히르는 굳이 젓가락질을 많이 하지 않아도 되는 이 메뉴가 편했다.

고추장이 빨갛고 매워 보여 간장과 참기름을 넣었다. 다른 반찬은 김치와 연한 된장국이었다. 김치는 한국에 와서 몇 번 먹어 봐서 알고 있었다. 어떤 김치는 매콤새콤했지만, 어떤 것은 비릿하고 퀴퀴한 향이 강해서 먹기 힘들었다.

"이라크에도 김치 있어?"

한 아이가 묻자, 타히르는 고개를 저으며 웃었다.

"노우, 코기, 바압…… 이거랑, 조금 비슷해."

그 말에 주변 아이들이 웃으며 고개를 끄덕였다.

타히르는 숟가락으로 밥을 섞으며 이 음식이 마클루바와 비슷하다고 생각했다. 마클루바는 이라크에서 먹던 음식으로, 한국에 온 뒤에도 엄마가 가끔 만들어 주었다.

마클루바 냄새가 골목을 따라 퍼지던 때가 떠올랐다. 솥 안에는 노랗게 물든 밥과 가지, 토마토, 고기가 층층이 쌓여 있었고, 그 위로 후춧가루가 톡톡 뿌려져 있었다. 아빠는 언제나 그랬듯 냄비를 뒤집어 접시 위에 엎어놓으며 말했다.

"이건 누나가 제일 좋아하는 음식이지."

타히르는 라나 누나가 떠올랐다. 긴 머리를 뒤로 질끈 묶고, 웃을 때마다 입꼬리가 살짝 치켜 올라가는 개구쟁이 같은 얼굴의 누나였다. 보고 싶었다.

이라크에서는 마클루바를 뒤집어 보겠다고 서로 실랑이를 벌이기도 했다.

"저기, 내가 비벼 줄까?"

수호가 타히르의 팔을 톡톡 치며, 젓가락으로 비비는 시늉을 해보였다. 타히르가 고개를 끄덕이자, 수호는 타히르의 젓가락을 잡고 식판 위 비빔밥을 잘 비벼 주었다.

"이렇게 비벼 먹는 거야. 오케이?"

"고마, 워."

타히르의 인사에 수호는 어깨를 으쓱했다. 아민은 드문드문 웃으며 밥을 먹는 타히르를 흘끔흘끔 쳐다보았다.

'저 새끼, 알아듣긴 하는 거야?'

곧 학교가 끝나는 종이 울렸다. 타히르에게는 길면서도 빠르게 지나간 첫날이었다.

다음 날도 하루는 어김없이 시작되었다.

쉬는 시간, 복도 끝 창가 쪽에 아이들이 삼삼오오 모여 있었다. 아이들은 히히덕거리며 수군수군댔다.

“야, 거인 같지 않냐?”

“너희 반 전학생?”

“〈아라비안나이트〉에 나오는 램프의 거인 있잖아, 지니.”

“지니면 좋겠다. 소원 빌게.”

“아, 존나 유치해. 요즘 누가 지니한테 소원 비냐?”

학교에서 아이들의 대화 소재는 대부분 타히르였다.

“아민은? 아민! 타히르, 쟤 너희 나라냐?”

아민은 누군가 내뱉은 ‘너희 나라냐’라는 말에 욕이 튀어나오려는 걸 꾹 참았다. 타히르는 그저 다른 나라에서 온 전학생일 뿐이었다. 아민은 주먹에 힘을 꽉 주고 자리를 떴다.

“아민은 파키스탄, 타히르는 이라크래.”

“거기가 거기 아니야?”

“그런 식으로 말하면 안 되지. 그건 ‘한국이랑 일본이랑 거기가 거기 아니야?’ 하는 거랑 똑같아.”

옆에 있던 수호가 말했다. 수호는 멀어져가는 아민의 뒷모습을 바라보며, 그가 기분이 좋지 않다는 걸 짐작했다.

“혹시 파키스탄과 이라크, 서로 앙숙인 거 아냐? 아, 우리 반에서 전쟁 나는 거 아니겠지?”

“막 IS 쳐들어오고, 미군 출동하고 말이야.”

그때, 복도 끝에서 타히르가 걸어왔다. 걸음이 마치 슬로비디오처럼 느릿느릿해 보였지만, 순식간에 가까워졌다. 타히르가 다가오자 아이들은 약속이라도 한 듯 입을 다물었다.

타히르는 아무렇지 않은 표정으로 교실 문을 열고 안으로 들어갔다. 수업 시작종이 울렸고, 아이들은 흩어져 각자의 자리로 돌아갔다. 그렇게 수업이 시작되고 끝났고, 다시 또 다른 수업이 이어졌다.

체육 시간이 되자 아이들은 우르르 운동장으로 나왔다. 햇살이 운동장을 환하게 비추고 있었다. 타히르는 아이들을 따라 운동장으로 터덜터덜 걸어갔다. 학교에 다니는 게, 마치 자신이 어디에 있는지도 모른 채 끌려다니는 느낌이었다. 그렇다고 학교를 박차고 나갈 수도 없었다.

오늘은 정규 수업 대신 팀을 나눠 발야구를 하기로 했다. 홀수 번호와 짝수 번호로 팀을 나누었고, 타히르는 짝수 번호 팀이었다. 아이들은 선생님께 팀 이름을 정하자고 졸랐고, 한쪽은 '아민', 다른 한쪽은 '타히르'로 팀 이름을 지었다. 공교롭게도 아민과 타히르 팀이 되었다.

"야, 우리 용병들인 거냐?"

아민은 어이없다는 얼굴을 했고, 타히르는 어깨를 으쓱해 보였다. 체육이라면 무엇이든 선수처럼 잘하는 아민 팀은 든든해 했다. 반면 타히르 팀은, 과연 타히르가 잘할지 고개를 갸우뚱했다.

"타히르, 야구 알아, 야구? 베이스볼. 이건 발로 공을 차는 야구야. 발로 뻥! 풋 베이스볼!"

수호가 온갖 몸짓으로 시늉해 가며 타히르에게 설명했다. 타히르는 발야구 1루와 2루, 3루를 차례로 보았다. 처음 해 보는 운동이었지만, 못할 것도 없다고 생각했다.

운동이라면 자신 있었다. 특히 축구를 잘했지만, 어릴 때는 늘 자신보다 잘하는 형이 있어서 타히르가 잘하는 건 티도 안 났다. 앞서 아이들이 하는 걸 보니 어떤 게임인지 이해할 수 있었다.

마침내 타히르가 공을 찰 차례였다. 투수가 공을 힘껏 던졌다. 분명 빠르게 던진 공이었지만, 아이들 눈에는 마치 슬로모션으로 날아가는 것처럼 보였다.

퍽!

타히르가 찬 발야구 공이 1루 쪽으로 빠르게 날아갔고, 거의 동시에 타히르도 달렸다. 그의 달리는 모습은 멀리서도 눈에 띄었다. 커다란 몸집이 땅을 박차며 앞으로 내달렸다. 세아는 벌어진 입을 좀처럼 다물지 못했다.

마르고 팔다리가 가늘고 긴 아민과는 다른 느낌이었다. 타히르의 발소리가 운동장에 낮게 깔렸다. 너무 빠르게 달려서 발이 잔디에 걸려 몸이 균형을 잃는 듯했지만, 그는 곧 자세를 잡고 다시 속도를 높였다. 아이들이 외쳤다.

"타히르, 타히르!"

아이들의 외침이 멈추지 않고 계속되자, 타히르는 문득 이라크에서 형을 따라 함께 달리던 때가 떠올랐다.

좁은 골목, 날 선 고함, 뒤에서 쫓아오던 발소리. 뜨거운 바람 속을 맨발로 달리던 어느 저녁이었다. 형을 놓치지 않으려고 악착같이 따라 뛰던 그때의 감각이 발바닥에서 다시 살아났다.

형은 더 빠르게 뛰어갔고, 코너를 돌자 형이 사라져 보이지 않았다.

탕, 타탕.

비명도 총소리도 멈추었는데 심장만은 미친 듯 요동치던 그때로 돌아간 것처럼, 별일도 아닌 지금 이 순간에도 타히르의 가슴은 쿵쿵 뛰었다.

'내가 더 빨리 뛰었다면……'

가끔 형을 떠올리는 아빠와 엄마를 볼 때마다 타히르는 생각했다.

'내가 아니라 형이 살았다면……'

타히르는 난민이 되어 한국에 어느 중학교에서 낯선 아이들과 공을 차고 달리다가 형을 떠올린다는 게 신기했다. 이라크를 떠날 때부터 하루하루, 매시간이 긴박했고, 무슨 일이 일어날지 몰라 다음을 꿈꾸는 것조차 사치였다. 그런데 지금 형이 생각났다.

"타히르, 타히르!"

아이들은 연신 타히르의 이름을 외쳤다.

발야구 경기는 공격과 수비가 여러 번 바뀌었고, 아이들이 외치는 소리가 뒤섞여 두서없이 들렸다. 타히르는 이상하게 말들을 다 알아들을 수 있을 것 같았다.

도망치며 느껴지던 맥박보다 이 낯선 땅에서 뛰고 있는 지금의 맥박이 더 크게 뛰었다. 지금이 더 살아있는 거 같았다.

타히르가 공을 잡았다. 커다란 손으로 움켜쥔 공을 1루를 향해 던졌다. 어깨와 고개를 함께 움직이며 던지는 동작만으로도 위협적이었다. 공의 속력이 엄청나게 빨랐고, 던지면 거의 아웃되었다. 아이들은 타히르의 속도와 판단력에 몹시 놀랐다.

"타히르! 타히르!"

타히르 팀은 신이 났다. 반면 아민은 살짝 자존심이 상했다. 타히르와 대결 구도는 생각도 하지 않았는데, 어느새 상황은 그렇게 되어 버렸다.

타히르 팀의 공격 차례가 되었다. 타히르는 다시 공을 찰 준비를 했다. 같은 팀의 아이들은 '타히르'를 목청껏 외치고, 맞은 편에서는 아민 팀 아이들이 '아민'을 외쳤다.

퍽!

공이 빠른 속도로 하늘로 날아갔다. 아이들이 놀란 듯 소리쳤다.

"와, 방금 봤어? 완전 대포야. 올림픽 나가도 되겠어."

공이 땅에 떨어지기도 전에 몇몇 아이들이 절로 손뼉을 쳤다. 웃음 섞인 탄성이 퍼졌다. 옆에 있던 여자아이들은 박수를 치며 구호처럼 외쳤다. 세아도 손바닥이 빨개지도록 손뼉을 쳤다. 세아는 아민 팀이었다.

아민은 타히르가 공을 차고 달릴 때, 열심히 손뼉을 치고 있는 세아를 보았다. 자신이 잘할 때도 세아를 주시했다. 세아는 언제부턴가 계속 타히르만 보고 있었다.

"타힐! 타힐! 타힐!"

리듬을 탄 듯한 응원 소리에 점점 더 많은 아이가 따라 불렀다. 운동장이 살아 움직이는 듯 들썩거렸다. 아민은 그런 타히르를 무표정한 눈빛으로 쳐다보았다. 경기가 끝나고 아이들이 우르르 교실로 들어갈 때였다.

아민이 타히르에게 다가가 작은 목소리로 말했다.

"전학 오자마자 그렇게 눈에 띄고 싶나?"

타히르는 아민의 말을 잘 알아듣지 못했다. 아직 한국말에 익숙하지도 않았고, 아민의 목소리도 너무 작았다. 다만 호의적이지 않은 눈빛이라는 건 알아챌 수 있었다.

타히르는 아민이 더 궁금해졌다.

'저 아이도 난민인가?'

얼마 지나지 않아, 타히르는 아민이 한국에서 태어나 자란 아이라는 걸 알게 되었다. 자신과 다르다는 걸.

'목숨을 걸어본 적도 없겠군.'

사실 타히르는 이라크를 떠나 한국으로 오면서 많은 것이 혼란스러웠다. 난민 정착이 정해진 것도 아닌데 학교에 가게 되었다는 말을 들었을 때 어리둥절했다.

"아이는 학교에 가야 한다"는 게 한국에서는 정해진 거라고, NGO에서 일하는 사람이 말했다. 중동 쪽은 전쟁이 늘 코앞의 일이었고, 공부는 꼭 해야 할 일이 아니었다. 당장은 하루하루 사는 게 더 중요했다.

한국은 휴전 중인 나라여서, 타히르는 이곳 역시 위험하다고 생각했다. 타히르 가족은 처음에 한국에 오고 싶지 않았다. 한국이라는 나라는 너무 낯설고, 위험할 거 같았다. 그들이 떠올린 곳은 이라크에서 더 가까운 튀르키예나 독일, 스웨덴이었다.

타히르는 어디든 상관없었다. NGO 사람들은 한국이 휴전 중인 나라라고 해도 꽤 살기 좋다고 설명해주었다. 인터넷이 잘 되고, 와이파이가 잘 터지며, 지하철이 잘 연결되어 있어서 타히르가 학교 다니기도 좋을 거라고 했다. 그렇지만 타히르는 ─ 겨우 중학생이지만 ─ 살면서 그런 것들이 잘 되면 좋겠다고 생각해 본 적이 없었다.

타히르는 낯선 아이들과 공놀이하며 웃고 있는 자기 모습이 문득 믿기지 않았다.

체육 시간에 타히르의 실력을 본 아이들은 타히르를 대하는 태도가 달라졌다. 타히르는 그래서 체육 시간이 좋았지만, 다른 수업 시간에는 무슨 말을 하는지 알아들을 수 없었다. 앞으로도 수업 시간에 계속 그렇게 앉아 있어야 한다고 생각하면 고역이었다.

지금도 여전히 NGO 사무실에서 우주드에게 일주일에 한 번 한국어 수업을 받고 있어도 그걸로는 턱없이 부족했다. 한글은 쉽게 읽을 수 있었지만, 사람들이 하는 말을 알아듣는 건 전혀 다른 문제였다. 타히르는 몸으로 움직이는 체육 시간이 중간중간 끼어 있어서 정말 다행이라고 생각했다.

집에 오면 엄마는 오늘 위험한 일은 없었는지 묻곤 했는데, 그럴 때마다 타히르는 피식 웃음이 났다. 오히려 한국 아이들이 자신을 위험하다고 여길 것 같았기 때문이다.

며칠 뒤, 학교 세계사 시간이었다. 세계사 선생님이 타히르에게 물었다. 4대 문명 가운데 하나가 타히르가 살았던 지역에 해당하고, 또 하나는 그와 가까운 곳인데, 어디인지 아느냐는 질문이었다. 선생님은 힌트를 준다며 덧붙여 말했지만, 타히르는 무슨 이야기인지 알 수 없었다.

선생님이 나일강 이야기를 꺼내자, 타히르는 번쩍 손을 들었다. 모두의 시선이 그에게 향했다.

"이립트?"

선생님은 마치 퀴즈쇼 진행자처럼 두 팔을 벌리며 외쳤다.

“정답!”

몇몇 아이들이 말끝을 따라 하듯 속삭였다.

“이립뜨?”

선생님은 그쪽을 흘겨보며 단호하게 말했다.

“타히르 입장에서는 우리가 쓰는 말도 이상하게 들릴 수 있어. 중학교 2학년이면 말투 갖고 놀리는 건 옳지 않다는 것쯤은 알지? 무서운 중2라지만 유치하진 말자.”

아이들은 저마다 책상 위 한 점만 내려다보며, 선생님의 꼰대 같은 잔소리가 빨리 끝나기만을 기다렸다. 아민은 수업 시간에 선생님들마저 타히르에게만 집중하는 것 같아 점점 더 짜증이 났다.

수업이 끝나고 아이들이 서둘러 교실을 빠져나갔고, 타히르도 막 자리에서 일어서고 있었다. 타히르가 몸을 막 돌리던 순간, 아민의 발이 그의 발에 걸렸다. 균형 감각이 탁월한 아민은 넘어지진 않았다.

“발을 걸어?”

아민이 매섭게 노려보며 말했다.

아이들은 웅성거리며 우르르 타히르와 아민 주위로 몰려들었다.

“아민, 아민. 네가 참아.”

“미난해, 일부러 아냐.”

“그걸 어떻게 믿어.”

아민이 턱을 치켜들고 타히르를 노려보며 따졌다. 타히르는 싸움이라면 자신 있었다. 어릴 적부터 형과 늘 격투 놀이를 했고, 큰 체격 덕분에 누구에게도 쉽게 밀리지 않았다. 하지만 아침마다 아빠가 하는 말이 떠올랐다.

"타히르, 우린 난민이야. 게다가 아직 심사 중이야. 네가 학교에 다닌다고 해서 끝난 게 아니야. 절대 문제 일으키면 안 돼."

타히르는 아민이 왜 자기한테 그렇게 감정이 안 좋은지 알 수 없었다. 하지만 상관없었다. 지금 중요한 건 이곳에 계속 머물 수 있느냐 없느냐였다.

아민은 학교 수업이 끝나면 늘 어울리는 친구들과 동네 아파트 단지 농구장에서 농구를 했다. 아민이 농구공을 잡아 던지기만 해도 3점 슛이 저절로 들어갔다. 하지만 오늘은 달랐다.

"아민, 농구 기계 고장 났냐?"

아민은 친구의 농담에 오늘은 이상하다며, 농구장 귀퉁이 벤치로 가 털썩 앉았다.

2. 일식 속에서

미술 시간이었다.

학급회장 세아가 수호와 함께 재료실로 가더니, 커다란 플라스틱 상자 하나를 들고 왔다. 상자 안에는 점토, 비닐, 그리고 플라스틱 점토 도구들이 들어있었다. 수호는 아이들을 둘러보며 말했다.

"점토랑 도구 하나씩 가져가. 각자 쓸 만큼만."

타히르는 다른 아이들이 하는 대로 따라 했다. 책상 위에 넓은 비닐을 깔고, 그 위에 점토와 플라스틱 칼을 올려놓았다.

"이거 그냥 점토 아냐. 도자기 굽는 좋은 흙이라고. 그대로 만들어서 구우면 도자기가 돼."

아이들은 그다지 관심이 없었다. 이미 초등학교 방과 후 학습이나 체험학습 시간에 도자기 만들기를 몇 번 해 보아서 새로울 건 없었다. 그래도 교과서 공부보다 손으로 뭔가를 만드는 게 좋은지 아이들의 얼굴엔 활기가 돌았다.

미술 선생님은 앞으로 2주 동안 고대 미술을 배울 거라고 했다. 첫 시간에 소개한 건 고대 이라크 수메르 미술 작품이었다. 선생님은 PPT를 띄우고, 타히르가 살던 이라크가 메소포타미아 문명의 발상지이자, 엄청난 역사가 시작된 곳이라고 설명했다.

다른 때 같으면 지루해했겠지만, 아이들은 선생님이 설명할 때마다 일부러 과장하듯 "오~" 하고 탄성을 질렀다. 어떤 아이는 타히르를 향해 "오! 타히르"라며 엄지척했다. 타히르는 기분이 나쁘지 않았다.

그때 아민이 툭 던지듯 물었다.

"선생님, 왜 파키스탄은 안 보여줘요?"

"뭐? 아민, 너 혹시 질투하냐? 이라크나 이집트가 특별해서 보여준 게 아니라, 고대 미술 작업이랑 고대 문명 발상지를 예로 든 거야. 거기에 마침 타히르 고향이 있던 거고. 그리고 아민 네 고향은 여기잖아, 대한민국 일산."

아민은 우연치고는 너무 딱딱 들어맞는다고 생각했지만, 딱히 더 할 말이 떠오르지 않았다.

"아민, 파키스탄은 인더스 문명이지. 모헨조다로 같은 고대 도시는 건축이 엄청나게 발달했었어. 다음 시간에 인더스 문명도 배울 예정이란다."

미술 선생님은 슬쩍 아민의 자존심도 세워 주었다. 아이들은 마치 의리를 지키듯 더 크게 오버하며 탄성을 질렀다.

"오, 우리 반에 4대 문명 발상지 출신이 둘이나 있네. 교사 하면서 이런 경험은 처음이다. 이집트랑 황허만 빼고 인더스와 메소포타미아라니, 엄청난걸."

아이들은 놀랍고 신기해했다.

선생님은 책상 위에 나눠 준 점토를 손가락으로 가리키며 말했다.

"자, 방금 보여 준 고대 미술 작품들을 떠올리면서 한 번 따라 해 보자. 꼭 똑같이는 안 해도 돼."

어떤 아이는 점토를 책상에 탕탕 내리쳤고, 어떤 아이는 바닥에 툭툭 던졌다.

타히르는 말없이 손을 움직였다. 손바닥 안에 점토를 넣고 꾹 눌러 손자국이 선명하게 남도록 힘을 주었다. 점토를 둘로 나누었다가, 둥글게 말고, 다시 길게 밀었다. 도구는 쓰지 않았다. 손끝으로 꾹꾹 누르고, 밀고, 접었다.

딱히 무엇을 만들겠다는 생각은 없었다. 그냥 주물주물 점토를 느끼고 있었다. 손이 먼저 알고 있는 것처럼 저절로 움직였다.

왼쪽에서 오른쪽으로, 아래에서 위로. 타히르는 손가락 마디를 이용해 점토 위에 길고 가는 선을 꾹 눌러 그었다. 그리고 그 옆에 짧고 굵은 선을 일정한 간격으로 남겼다. 선의 끝은 살짝 휘었고, 굵은 선 아래에는 꺾인 홈이 생겼다. 선들이 겹쳐 눌린 자리도 있었다. 기호 같았다. 서너 개쯤 그렸을 때까지만 해도 우연처럼 느껴졌지만, 선이 열 개쯤 모이자 분명한 패턴이 생겼다.

타히르는 손을 멈추지 않았다. 모양을 만들어 내는 감각이 낯설지 않았다. 어디선가 본 듯한 선, 오래전에 본 것 같은 배열, 설명하기 어려운 익숙함이 손끝에 스며 있었다. 이라크에서 자주 보던 문양이기도 했다. 그곳에서 나고 자라서인지, 자연스럽고 익숙한 형식이 그대로 손에서 나오는 듯했다.

타히르 앞에 앉은 세아는 아예 몸을 돌려 타히르가 하는 걸 유심히 바라보았다.

"그거…… 너희 나라 글자야?"

타히르는 대답하지 않았다.

"타히르? 그거 너희 나라 글자냐고!"

세아의 말이 들렸지만, 타히르는 고개를 들지 않았다. 뭐라고 대답해야 할지 떠오르지 않았다. 아니라고 하기도, 그렇다고 하기도 애매했다. 그의 손은 여전히 또 다른 선을 그리듯 움직이고 있었다.

타히르는 엄청난 집중력으로 무엇인가를 그려내고 있었다. 세아는 이상하게 자신의 말이 무시당한 게 기분이 나쁘지 않았다.

"너희가 만든 건 도자기 가마에 구워서 나중에 학교 1층에 전시할 거야."

미술 선생님의 말을 들은 타히르는 고개를 갸우뚱했다.

'전시?'

타히르에게는 한국어에서 소리와 의미, 그리고 글자가 하나로 딱 일치되지 않았다. 그래서인지 말을 알아듣는 일이 더더욱 쉽지 않았다. 그때 수호가 눈치를 채고 마치 통역을 맡은 사람처럼 말했다.

"1층에서, 사람들에게 보여준다고."

타히르는 '전시한다'라는 말에 자기 앞의 점토판을 내려다봤다. 한 줄의 선이 다른 선을 지나가고, 그 옆으로는 선들이 나란히 줄을 맞춰 있었다. 직선이지만 완전히 곧지는 않았다. 끝부분은 살짝 갈라져 있었고, 무늬는 반복되었다. 그 규칙성과 배열이 우연이라고 하기엔 너무 안정되어 보였다.

그 순간, 타히르의 머릿속에 한 장면이 떠올랐다. 뜨겁고 건조한 바닥, 커다란 돌기둥, 메마른 공기, 벽에 새겨진 문양, 그리고 손에 들려 있는 점토판 하나. 점토판을 쥔 손가락은 굵고 단단했다. 기호를 새기는 그 손이 지금 자신의 손과 겹쳐졌다.

타히르는 자신이 그 사람을 보고 있다는 느낌과 동시에, 그 사람이 곧 자기 자신이라는 확신이 들었다. 자기 손을 내려다보고 있지만 지금, 이 순간 현재의 손은 아니었다. 나이 든 손 같았는데 그렇다고 미래의 장면도 아니었다.

'뭐지? 이런 느낌은?'

　지금 이 손이 눌러낸 선은, 아주 오래전, 어느 손이 점토 위에 새기던 그것과 같아 보였다. 타히르는 이상한 마음이 들었다. 정작 이라크에 살 때, 온통 이라크 문양과 글자에 둘러싸였을 때조차 이런 장면이 떠오른 적은 없었다.

　'이라크가 그리운가?'

　타히르는 마음속에서 이름 하나가 떠올랐다.

　'길가메시.'

　길가메시는 고대 수메르 우루크(Uruk) 지역의 왕으로, 인류 최초의 이야기 가운데 하나를 남겼다. 이라크 사람이라면 당연히 모르는 이가 없다. 타히르는 가보지 못했지만 바그다드 박물관에 길가메시가 새겨진 점토판이 있다는 이야기를 들은 적이 있다.

　알고는 있었지만 지금까지 그다지 깊게 생각해 본 적 없는 이라크 고대 왕, 길가메시가 왜 떠오르는 걸까. 혹시 미술 선생님이 컴퓨터 화면으로 보여 준 그림들 때문일까.

　"타히르! 점토 만지는 거 재밌니? 너무 집중하는걸?"

　선생님 목소리에 타히르는 다시 점토판을 내려다보았다. 자신의 손이 만든 문양들이 마치 그 이름, 길가메시라는 말을 품고 있는 것처럼 보였다.

　타히르는 점토판 한가운데에 선을 하나 더 살짝 눌러 그었다. 약간 비스듬한 각도, 짧고 굵은 선이었다. 그것은 하나의 문장처럼 보이기도 했다. 이라크 고대 문자 모양과 비슷했지

만, 타히르도 무슨 뜻인지 알 수 없었다. 애초에 이게 실제로
뜻이 있기나 한지 장담할 수 없었다.

점심시간이 되었고, 급식을 먹은 아이들은 각자 흩어져 있
었다. 어떤 아이들은 운동장 귀퉁이에 모여 있고, 어떤 아이
들은 복도에서 떠들고 있었으며, 또 어떤 아이들은 교실에서
잠을 자기도 했다.
타히르는 운동장 계단에 앉아 있었다. 수호가 쪼르르 달려
와 옆자리에 앉았고, 다른 아이들도 하나둘 근처에 자리를 잡
았다. 타히르는 불어오는 바람을 느꼈다. 날씨는 맑았고, 하늘
엔 구름이 거의 없었다. 똑같이 맑은 날씨지만 한국은 공기의
느낌이 달랐다.
수호 옆에 앉은 아이가 말했다.
“야, 그거 알아? 오늘 일식이래.”
“오늘은 이식이고, 저녁 먹으면 삼식이.”
수호가 낄낄대며 아재 개그를 던지자, 여자아이들이 눈살을
찌푸렸다.
“일식?”
타히르는 수호를 돌아보며 ‘일식’이 무슨 뜻인지 물었다. 수
호는 일식을 어떻게 설명해야 할지 몰라 잠시 망설였다.
“일식? 그러니까…….”
수호는 눈을 가늘게 뜨고 손가락으로 하늘을 그렸다. 그리

고 손을 현란하게 움직였다.

"일식은 달이 해를 가리는 걸 말해. 음, 그러니까 이게 해야. 썬(sun), 썬이고, 이게 문(moon), 달이야. 근데 가끔 달이 해 앞에 쏙 끼어들어. 그래서 해가 가려지는 거야. 낮인데 갑자기 밤처럼 어두워지는 거지. 오늘은 해가 완전히 가려지는 게 아니라 부분만 살짝 가려진대. 다 엑스, 오케이?"

타히르는 수호가 설명하는 모습이 재미있어서 고개를 끄덕이며 웃었다. 그러고는 주머니에서 휴대전화를 꺼내 '일식'을 검색하기 시작했다. 수호는 타히르가 휴대전화로 검색하는 모습을 보고 타히르가 아직 일식을 제대로 이해하지 못했다고 생각했다. 그는 눈치를 보듯 타히르에게 계속 설명했다.

"그러니까 쉽게 말하면, 낮에 달이랑 해가 가위바위보를 하는 거야. 해가 바위를 내고, 달이 보를 내서 해가 딱 가려주는 거지. 잠깐."

타히르는 휴대전화 화면 속 사진과 설명을 읽어 나갔다. 수호는 약간 머쓱해졌다.

"너 휴대전화 그거, 옛날부터 쓰던 거야?"

"응, 왜?"

"되게 오래돼 보여서."

"오래, 아닌……데?"

타히르가 어눌하게 말했다. 그 휴대전화는 요르단 난민 캠프에 있을 때 지원 받은 거였다. S 전자 로고가 찍혀 있었고,

그 회사가 있는 한국에 자신이 오게 될 줄은 몰랐다. 당시만 해도 출시된 지 2년은 지난 제품이었지만, 캠프 사람들에겐 새것이나 다름없는 휴대전화라고 해서 다들 좋아했다.

지난 해 요르단 캠프에 있던 때가 떠올랐다. 해는 너무 뜨겁고, 바람에는 모래가 섞여 있었다. 그날도 마찬가지였다.

타히르가 하늘을 올려다보았을 때, 갑자기 태양이 사라졌다.

캠프 여기저기서 웅성거림이 터져나왔다. 타히르는 처음엔 그저 구름이 태양을 뒤덮은 자연스러운 현상인 줄 알았다.

그때 타히르는 캠프에서 만난 친구 바쉬르와 함께 하늘을 바라보고 있었다.

"왜 일식이 일어난 걸까?"

타히르가 묻자, 바쉬르는 잠시 생각하다가 말했다.

"태양이 눈을 가리는 이유는 신이 우리를 시험하는 시간이라서래."

'바쉬르!'

타히르는 속으로 이름을 불렀다. 바쉬르는 지금 어디 있을까? 왜 서로 연락처를 주고받지 않았을까? 그땐 당연히 계속 함께 있을 줄 알았다. 하지만 지금 생각해 보면 요르단 캠프에서 함께 지냈던 시간은 고작 석 달도 되지 않았다.

'신은 우리의 무엇을 시험한 걸까?'

타히르는 라나 누나가 어깨를 감싸며 해준 말을 떠올렸다.

“태양이 사라져도 괜찮아. 언제나 다시 돌아오거든.”

‘누나…… 누나도 우리를 찾아올 거지?’

라나 누나는 태양처럼 밝았다. 바쉬르의 말보다도, 타히르는 누나가 했던 말이 더 마음에 들었다.

‘언제나 다시 돌아온다……. 참 멋진 말이야.’

타히르는 구름 사이로 빛이 퍼지는 걸 바라보다 자기도 모르게 이라크 말로 중얼거렸다.

“راح يرجع دائماً(raḥ yerjaʿ dāyman, 라흐 예르자 다이만).”

“너 그거 이라크 말이야? 이라크 말 할 때랑 한국말 할 때 완전 느낌이 달라. 존나 멋진걸.”

아민은 타히르와 수호를 번갈아 바라봤다. 통역사도 아닌데 타히르 옆에 딱 붙어 있는 수호가 괜히 신경 쓰였다. 아민은 외국인처럼 생겼지만, 한국에서 태어난 아이다. 영어도, 파키스탄어도 잘 못했다. 제일 잘하는 건 한국어지만, 그마저 아주 능통하지 않았다. 집에서는 한국어와 파키스탄어를 뒤섞어 썼다.

아민이 학교에서 그나마 아이들과 친하게 지낼 수 있었던 건 운동을 잘해서였다. 아이들에게는 아민과 같은 팀이 되면 이긴다는 게 일종의 공식처럼 되어 있었다.

그런데 길에서 누군가 아민을 보면 대뜸 영어부터 쓰려고 했다. 아민은 과목 중에서도 영어가 가장 싫었다. 그럴 땐 차라리 타히르처럼 외국에서 온 이들이 부러웠다. 난민이든 아니든 정말 '외국에서 와서' 외국 아이 같다는 말을 듣고 싶었다.

한국에서 태어나 쭉 살고 있는데, 꼭 처음 보는 사람들이 외국에서 왔냐, 어느 나라 사람이냐부터 묻는 건 아민에겐 너무 짜증나는 일이었다. 그래서일까, 그는 가끔 타히르처럼 외국에서 와서 모든 게 서툴고 어리숙하고 싶었다.

그때 운동장 여기저기서 웅성거리는 소리가 들렸다.

"와, 진짜 일식인가 봐! 하늘이 갑자기 어두워졌어."

순간, 햇빛이 불을 끈 것처럼 어두워졌다. 어둠 뒤편 어딘가에 분명히 해가 있다는 건 알 수 있었다. 아이들은 바람 소리와 함께 숨을 죽였다.

타히르는 눈을 감았다. 빛은 사라졌는데도, 감은 두 눈에서 빛이 느껴졌다. 눈을 감는 순간, 발밑의 감각이 달라졌다. 타히르는 모래 위에 서 있었다. 맨발이었고, 발바닥은 뜨거웠다. 숨을 쉴 때마다 느껴지는 메마른 공기엔 열기가 감돌았다. 입을 조금 벌리자 뜨거운 공기가 목구멍을 타고 넘어왔다.

눈을 뜨자, 방금 전까지 있던 운동장이 아니었다.

돌기둥이 서 있고, 바람에 천이 펄럭였으며, 사방으로 크고 넓은 벽이 둘러싸고 있었다. 낯선 풍경인데 낯설지 않았다.

타히르는 이마에 맺힌 땀을 손등으로 훔치다가 자신의 손을 보고 흠칫 놀랐다. 두툼하고 털이 많으며 거칠게 갈라진 손이었다.

“내 손이……?”

그때 누군가 다가왔다. 거친 야생동물처럼 걸음이 빨랐다. 상대는 순식간에 다가와, 움켜쥐듯 타히르의 어깨를 잡았다.

갑작스러운 공격에 타히르는 바닥으로 쓰러졌다. 벌떡 일어났는데 몸의 감각이 조금 전과는 달랐다. 그래도 자기 몸이 맞다는 이상한 확신이 들었다. 기분이 묘해졌다.

“누구냐?”

“네 오만방자함을 혼내 주러 왔다. 길가메시, 우루크인들은 너로 인해 고통받고 있어. 그들은 더 이상 너를 왕으로 원치 않아!”

타히르는 사람을 잘못 본 거라고 말했다. 자기는 길가메시가 아니라고. 하지만 그 말을 하면서도 마치 거짓말을 하는 듯한 마음이 들었고 자기가 길가메시라는 생각이 들었다. 그러나 생각할 틈도 없이 상대는 두 팔로 타히르를 번쩍 들어올리더니 그대로 땅에 메다꽂았다.

체격은 오히려 타히르가 더 컸지만, 보통 힘이 아니었다. 긴 머리에 온몸을 뒤덮은 북슬북슬한 털, 야생의 맹수가 덮쳐 오는 기분이었다. 그렇다고 쉽게 당하고만 있을 타히르가 아니었다. 사실 타히르는 지금 싸우고 있는 이가 누구인지, 그리고 이 싸움을 벌이고 있는 자신이 정말 자신이 맞는지도 의심스러웠다.

상대는 타히르를 길가메시라고 불렀다. 길가메시는 우루크의 왕, 누구도 감히 자신과 대적할 수 없다고 장담하던 사람이었다.

둘은 하루 종일 엎치락뒤치락하며 싸웠다. 밀치고, 깔고 앉아 주먹을 날리고, 맞고도 계속 다시 일어났다. 사람들은 제발 누구라도 먼저 쓰러지기를 바랐다. 아무리 둘만의 싸움이라지만, 지켜보는 마음은 아슬아슬했다.

엔키두는 쓰러지면서도 또 덤볐다. 마치 지치지 않는 괴물처럼, 몇 번이고 달려들었다. 우루크에서는 힘으로 길가메시를 이길 자는 없다고 했지만, 그는 그 사실을 모르는지 맹렬히 달려들었다.

"길가메시, 너의 폭정에 모두 난리다. 그 소동을 내가 잠재우러 왔다. 신들이 나를 네게 보냈지."

타히르는 무슨 말을 하는지 도무지 알 수 없었다.

"내가 길가메시라고? 나는 길가메시가 아니라 타……."

그런데 어떻게 된 영문인지 갑자기 목이 콱 막힌 듯 소리가 나오지 않았다.

'내가 왜 나를 아니라고 하는 거지?'

타히르는 길가메시였다. 자신이 마음먹는 대로 길가메시의 몸이 움직이고 있었다.

엔키두는 야생에서 막 걸어나온 짐승 같았다. 그는 무작정 길가메시를 향해 죽일 듯 달려들었다. 마치 두 거인이, 두 짐승이 싸우는 것처럼 격렬했다. 둘은 서로 부둥켜안고 내리치며 레슬링을 하고 있었다.

"으."

"어흐."

짐승의 신음 소리가 들렸다. 길가메시가 달려와 바닥에 쓰러진 엔키두를 깔아뭉개려고 했다. 엔키두는 순식간에 몸을 비틀어 피한 뒤, 길가메시의 등 뒤로 돌며 그의 목을 잡고 매달렸다. 길가메시는 몸을 마구 돌려 엔키두를 떼어내려 했다. 둘의 몸이 부딪칠 때마다 먼지바람이 일었고, 거대한 기둥들이 흔들리는 듯했다.

순간, 엔키두의 팔이 느슨해졌다. 길가메시는 고개를 팍 숙이며 몸을 굴려 엔키두를 떼어냈다. 잽싸게 일어선 엔키두는 덤블링을 하며 발차기했다. 길가메시는 미처 피하지 못해 등을 맞았지만, 곧바로 엔키두의 발을 붙잡았다.

이렇게 치열한 승부는 우루크에서도 보기 드물었다. 길가메시는 엔키두의 몸을 거꾸로 들어 올려 돌리려고 했다. 싸움이 격렬해질수록, 길가메시의 숨소리는 더 거칠어졌다.

타히르는 갑자기 누군가의 손을 낚아채듯 움켜잡았다.

그 순간, 먹구름이 걷히듯 소음이 들려왔다. 다시 운동장이었다. 타히르는 잡고 있던 손을 내려다보았다. 아민의 손이었다. 소스라치게 놀란 타히르는 아민의 손을 잡은 자기 손을 번갈아 보았다.

“뭐냐?”

아민은 타히르의 손등을 치며 손을 뺐다.

“엔키두?”

타히르는 자기도 모르게 아민에게 물었다. 아민은 어이없다는 표정으로 타히르를 툭 치며 교실 쪽으로 들어가 버렸다.

“왜 그래? 무슨 일이야?”

세아가 다가와 물었다. 너무나 짧은 순간이라, 타히르 스스로도 무슨 일이 있었는지 설명할 수 없었다.

조금 전, 눈앞에서 본 엔키두와 아민은 많이 닮아 있었다. 하지만 잠을 잔 것도 아닌데, 이걸 꿈이라고 해야 할지, 대체 어찌 된 일인지 알 수 없었다.

‘내가 길가메시라고?’

타히르는 속으로 되뇌었다.

이라크에 있을 때도 한 번도 꿈에 나타난 적 없는, 이라크 서사시의 주인공인 우르크의 왕 길가메시가 왜 갑자기 자기와 겹쳐 나타나는지 도무지 어리둥절하기만 했다.

아이들은 방금 본 일식 이야기를 하며 시끌벅적했다. 타히르는 혼란스러웠다.

‘엔키두?’

길가메시 이야기 속에 나오는 그 엔키두? 길가메시의 친구, 그 엔키두가 왜 꿈에 나타난 걸까?

타히르는 엔키두가 왜 자기에게 덤벼들었는지, 자신을 진짜 길가메시로 착각한 건지, 그리고 그 멀고 먼 옛날의 어떤 장면이 왜 떠오른 건지 아리송했다. 아마 낯선 한국에서 이라크가 그리워서 그런 꿈을 꾸었을 거라고 생각했다.

타히르는 힐끔힐끔 아민을 보았다. 잠깐의 꿈처럼 본 엔키두와 아민은 무척 닮아 있었다.

‘그래, 내가 그냥 팔을 잡았을 리 없지. 닮아서 순간 착각한 거야. 그런데 그 꿈은 뭐지? 갑자기 잠이라도 들었던 걸까?’

타히르에게 이런 경험은 처음이었다. 정말 알 수 없는 일이었다.

휴일이었다. 타히르가 집에 있는데 세아에게서 전화가 걸려왔다. 세아는 “잠깐 보자”라고 했다.

타히르와 세아는 햄버거 가게에서 만났다. 세아는 기프티콘이 있다고, 날짜 지나기 전에 써야 한다며 햄버거를 주문했다. 타히르는 기프티콘이 뭔지, 갑자기 햄버거를 왜 사주는지 알 수 없었다.

주문한 햄버거가 나와서 포장을 벗기고, 먹으려 할 때였다. 타히르는 햄버거에서 돼지고기 냄새를 맡았고, 조용히 햄버거를 내려놓았다.

“미, 미안, 우린 돼지 안 먹어.”

“돼지? 진작 말을 하지. 치킨버거도 있었는데! 아민도 돼지

안 먹는데 같은 종교인가 봐. 이슬람교? 그래, 종교는 자유니까. 그럼 이건 내가 가져가야겠다. 다른 거 시켜 줄까?”

타히르는 괜찮다고 손을 저었다. 그때 처음으로, 다른 사람들은 돼지고기를 자연스럽게 먹는다는 사실을 알았다. 다음부터 꼭 미리 이야기해야 하는 게 생겼다고 생각했다.

“선생님이 회장인 나한테 너 챙기라고 해서. 사실 수호가 오죽 잘 챙겼니? 그런데 정작 일식이 일어난 날은…….”

세아가 말끝을 흐렸다.

“그런데 일식 있던 날, 네가 잠깐 쓰러졌잖아.”

세아와 타히르는 말로는 서로 표현이 서툴러서 휴대전화 번역기에 문장을 써 가며 대화를 이어갔다.

세아는 그날 타히르가 갑자기 의식을 잃었다가 깨어난 걸 기억하고 있었다.

사실 양호실에 가라고 하고 싶었지만, 타히르가 너무 아무렇지 않아 보여 망설이다 시간이 지나갔다고 했다.

“선생님도 모르시고, 부모님도 네가 말 안 하면 모르시겠지? 그래도 의식을 잃은 건 위험한 거야.”

세아는 걱정스러운 표정으로 말했다.

“혹시 전학 오고 나서 너무 힘든 거 아니야?”

“걱정해 줘서 고마워.”

세아는 자기는 회장의 일을 하는 거라고 말했다.

2장

3. 난민의 마음

4월 초가 되자, 꽃샘추위도 가고 벚꽃들이 나무에 뾰족뾰족 맺히기 시작했다.

"애들아, 내일 현장 체험학습 날인 거 알지?"

"오, 현장 체험학습!"

중학생에게도 학교를 벗어나 어디든 간다는 건 신나는 일이었다.

"장항습지 가는데, 안으로 직접 들어가진 못한다고 해. 지뢰를 밟을지도 모르거든."

장항습지에 지뢰가 있다는 말에 아이들이 술렁거렸다. 지뢰를 번역기로 돌려 의미를 확인한 타히르는 머리카락이 쭈뼛 섰다. 이라크에서는 지뢰와 불발탄이 흔한 거였다. 그런 것들이 없는 평화로운 곳에서 살고 싶다고 생각했는데, 이곳에서까지 그런 걸 신경 써야 하나 싶었다.

세아는 아이들을 다독였다.

"장항습지 안쪽에는 안 들어가. 전망대에서 보고, 해설사님이 설명해 주시는 교육만 받을 거니까, 모두 안심해.”

친한 아이끼리는 서로 눈빛을 주고받으며 웃었다.

“아민, 네가 타히르 좀 잘 챙겨. 아무래도 네가 더 가까울 거 같아.”

세아가 말했다.

“내가 왜?”

아민은 기분이 그다지 좋지 않았다. 마치 같은 이방인끼리 서로 챙기라는 걸로 들렸다.

“괜히 툴툴거리지 말고. 그래도 너랑 외모가 제일 비슷하니까. 우리보단 더 친근할 거 아니야.”

“나도 타히르 챙길 수 있는데?”

수호가 까불까불하며 말했다.

“그럼, 너도 챙겨. 통역사도 필요하잖아.”

다음 날, 타히르는 교복 대신 청바지에 티셔츠와 얇은 잠바를 입고 학교로 왔다. 현장 체험학습 날에는 사복을 입는다고 해서였다. 한껏 멋을 내고 온 아이들이 많았다.

‘정말 다르네.’

타히르는 아이들을 보며 생각했다.

‘이렇게 다를 수도 있구나.’

이라크와 요르단 난민 캠프에서 만났던 아이들과 많이 달랐다.

"타히르, 넌 신나지 않아?"

세아가 다가와 물었다.

"잘 몰라서……."

"괜찮아. 그냥 즐겨."

타히르는 신나는 것보다 그저 새로운 곳에 적응하려 애쓰는 중이었고, 단체로 어딘가를 간다는 게 오히려 불안했다.

세아는 커다란 타히르의 등을 토닥토닥 두어 번 두드리다 저만치 걸어갔다. 타히르는 세아의 그 행동이 어색했다. 이라크에서는 여자가 남자의 등을 토닥이는 건 상상도 할 수 없는 일이다. 이곳은 너무나 자유분방했다. 난생처음 겪는 일이지만, 묘하게 그 손길이 불안한 마음을 잦아들게 했다.

멀찍이 뒤에서 지켜보고 있던 아민은 타히르가 자꾸 신경이 쓰였다. 솔직히 거슬렸다. 세아와 다른 친구들 모두 초등학교 아니 그 이전 부설 유치원 때부터 같이 놀고 같이 울던 사이였다. 서로 툭 치고 등짝을 세게 때려도 아무렇지 않았다. 그런데 세아가 전학생인 타히르의 등을 토닥이는 것을 보니, 기분이 묘했다.

아민은 그런 생각을 하는 자기 자신이 싫어서 얼른 휴대전화를 꺼내 게임을 시작했다.

장항습지에 도착하자 아이들은 버스에서 우르르 내려 도착 인증 사진을 찍었다. 아이들은 학교를 벗어났다는 것만으로도 신나 보였다.

장항습지 안 유리 벽에는 커다란 새 그림이 붙어 있었다. '새 그림이 왜 있을까?' '저런 새가 산다는 걸까?' 아민은 고개를 들어 유리 벽을 자세히 들여다봤다. 대부분 독수리나 매처럼 무서운 새들이었다.

"저 새 그림을 왜 유리 벽에 붙여 놓는지 아니?"

베이지색 모자를 쓴 해설사가 물었다.

"유리가 너무 깨끗해서 새들이 벽이 있는지 모르고 속력을 내서 날아오다가 쿵, 머리를 박고 떨어져 죽곤 하거든."

"정말이에요? 바보들이네. 벽이 있는지도 모르고 전속력으로 달린 거잖아요. 죽을 줄도 모르고 속력을 내서. 진짜 바보네, 바보."

아민은 새들이 한심다는 듯 말했다.

그 말을 들은 타히르는 순간 숨이 막혔다. 그 새들이 자기와 가족 같았다. 전속력으로 도망쳤다, 무작정. 어디라도 도와줄 곳을 찾아. 하지만 그 끝이 언제나 안전한 곳은 아니었다. 때로는 함정이기도 했다. 아민이 계속 "바보네, 바보"라고 하자, 타히르는 도저히 참고 있을 수 없었다. 타히르는 순식간에 아민의 옷깃을 바싹 움켜쥐었다.

"할라쓰, 할라쓰!"

아민과 다른 아이들은 타히르가 외치는 말을 알아들을 수 없었지만, 타히르가 커다란 손으로 아민의 멱살을 거세게 움켜쥔 게 좋은 뜻은 아니라는 걸 알 수 있었다.

아민도 더는 참지 못하고 오른 주먹을 날렸다. 타히르는 잽싸게 피해서 아민의 멱살을 더 세게 움켜쥐었다. 거의 목이 눌리다시피 된 아민은 발버둥치며 발로 차기 시작했다. 타히르의 정강이는 마구 차일 때마다 진동했지만, 꼼짝없이 그대로 있었다.

더 이상 맞서 싸우지 않은 건 아빠의 말 때문이었다.

"사고 치면 안 된다. 네가 다른 아이들과 다르게 생겨서 따돌림당할 수도 있어. 하지만 참아야 해. 우린 여기서 난민으로 정착해야 해. 타히르, 우리가 여기에 얼마나 힘들게 왔는지 알지?"

타히르와 아민이 싸운다는 이야기를 듣고 회장인 세아가 달려왔다.

"그만해. 뭐 하는 거야?"

그제야 타히르는 손에 힘을 빼며 아민을 놓아주었다. 남자 아이들이 아민에게 달려갔다.

"아민, 괜찮아?"

"와, 타히르 엄청 폭군인데? 야, 쟤 이라크에서 일진이어서 난민 된 거 아니야?"

몇몇 아이들은 타히르가 이라크 IS가 아니냐며, 수군댔다.

아민은 씩씩거리며 타히르를 노려봤다. 아무리 생각해 봐도

자기가 무엇을 잘못했는지 알 수 없었다.

타히르는 입을 꾹 닫고 아무 일도 없다는 듯 장항습지 전시관으로 올라갔다. 그 뒤를 세아가 따라갔다.

"타히르? 타히르!"

"야, 정세아 재, 타히르 좋아하냐? 뭐냐?"

아민은 타히르와 그 뒤를 따라가는 세아의 뒷모습을 바라보았다. 화가 나서 맥박이 손등에서부터 뛰었다.

장항습지 전시관 안에는 그곳에 살거나 서식지로 삼는 새들이 전시되어 있었다. 해설사 선생님은 장항습지는 람사르 습지인데, 람사르는 이란의 한 도시라고 설명해 주었다.

"이란? 이란은 타히르 고향이잖아?"

한 아이가 말했다. 그는 조금 전 타히르와 아민 사이에 무슨 일이 있었는지 몰랐다. 알았다면 아마 타히르 이야기를 꺼내지 않았을 것이다.

"타히르? 저 친구 말이구나. 타히르가 이란에서 왔니?"

타히르는 아무 일도 없었다는 듯이 크게 웃으며 "이라크"라고 말했다.

"이라크?"

"어, 새!"

타히르가 발걸음을 옮겨 한쪽 벽의 새 사진 앞에 멈췄다.

"알락꼬리마도요."

타히르는 그 새를 이라크에서 본 적이 있었다. 반원처럼 휘어진 부리가 머리보다 훨씬 긴 새였다.

"이름이 알락꼬리마도요였네."

전시 안내문에 나온 설명에 의하면 알락꼬리마도요라는 철새가 들르는 곳은 이라크 유프라테스강 습지대와 다른 곳이었다. 시베리아 동북부, 중국 동북부에서 번식하고 동남아시아와 호주에서 겨울을 지낸다는 물새였다.

"나, 저, 새 봤어."

세아는 타히르가 낮게 중얼거리는 소리를 들었다.

타히르는 이라크 남부 바스라 근처에서 알락꼬리마도요를 보았다. 분명히 비슷하게 생겼었다. 부리가 길게 휘어진 새였다. 그런데 이 새가 한국의 일산 장항습지라는 곳에도 나타났다고 하니 놀라웠다. 아무리 철새라고 해도 이렇게 먼 곳에서 다시 그 흔적을 만날 수 있다는 것만으로도 신기했다.

"부리가 진짜 길다. 벌레를 콕콕 쪼아먹겠는걸. 타히르, 저 새를 본 적이 있다고?"

세아가 물었다.

'알락꼬리마도요도 난민 새였나?'

철새라고 설명을 들었지만, 타히르는 단순히 철새만은 아니라는 생각이 들었다. 장항습지 안은 회장 말대로 들어갈 수 없었다. 이곳에 오기 전까지만 해도 '지뢰가 있다'는 말에 겁을 먹었는데, 막상 유리창 너머로 본 장항습지는 들어가 보고 싶다는 생각이 들었다.

타히르는 조용히 중얼거렸다.

"알락꼬리마도요가 여기 있을까?"

그의 말을 듣고 해설사 선생님이 말했다.

"지금은 3월 말이기도 하고, 이제 안 올 거야. 예전에 들렀던 기록이 있긴 하지. 장항습지에서도 발견된 적은 있지만, 다른 습지에서 훨씬 더 자주 볼 수 있어."

"선생님, 타히르가 저 새를 본 적 있대요."

해설사 선생님은 눈빛을 반짝이며 타히르에게 물었다.

"어디서?"

"유프라테스 바스라."

"유프랏테스?"

해설사 선생님은 휴대전화로 검색을 하더니 이내 놀란 얼굴을 했다.

"그러네. 간혹 유프라테스 하구의 마시프에서 발견된다고 하네. 그걸 네가 봤다는 거지? 오!"

타히르는 해설사 선생님의 이야기와는 상관없이 자기가 살던 곳에서 봤던 새가 여기에도 있었다는 게 반갑고 기뻤다. 타히르는 모든 걸 이라크에 두고 떠나 앞으로 어떻게 살아가야 할지 고민했다. 그냥 떠나는 사람이 되었을 뿐인데, 난민이라고 멸시를 받고 위험한 일도 많았다.

아빠는 오늘 하루 살아있다는 게 중요하다고 했다. 하루 한

시간을 소중히 여기며 살아야 한다고. 엄마도 덧붙였다. 떠나더라도, 단 한 순간이라도 편히 머물 곳을 찾기 위해 헤매는 마음이 어떤 건지 안다면, 우리가 지금 이렇게 사는 건 정말 감사한 일이라고. 타히르도 늘 감사하는 마음을 갖자고.

그때, 해설사 선생님이 다시 말했다.

"알락꼬리마도요가 장항습지에 왔던 건, 어쩌면 그때 무리에서 이탈해서 길을 잃었기 때문일 수도 있어. 철새들은 이동 경로가 아주 명확하거든. 그런데 다른 곳에서 발견되면 그건 길을 잃은 거지. 그런 개체를 미조라고 해. 알락꼬리마도요는 이제 이곳 장항습지에는 오지 않아."

해설사 선생님이 무리에서 이탈해서 길을 잃었다고 말하자, 타히르는 라나 누나가 생각났다. 타히르 가족이 요르단을 떠나던 날, 누나는 아파서 함께 오지 못했다. 그렇다고 거기에 머물 수도 없었던 당시의 상황이 눈앞에 겹쳐졌다.

'라나 누나, 길을 잃었더라도…… 길을 찾으면 돼. 우리를 찾아와!'

알락꼬리마도요를 장항습지에서 실제로 만날 수는 없었지만, 타히르는 마치 누나의 소식을 들은 듯 마음이 따스해졌다. 조금 전 아민과 부딪혔던 일도 희미해졌다. 이상하게도 한국이, 일산이 좀 더 좋아지는 기분이었다.

장항습지에서 다른 곳으로 이동하기 위해 버스를 탔다. 타히르가 자리로 돌아오자, 창가 쪽에 아민이 앉아 있었다. 타히르는 말없이 옆자리에 앉았다. 회장인 세아가 아민에게 타히르를 챙겨달라고 부탁한 이후, 둘은 체험학습 내내 같이 앉게 되었다.

차가 출발하자 아민은 눈을 감았다. 아이들은 시끌벅적 떠들었지만, 둘은 내내 차 안에서 눈을 감고 있었다.

이윽고 도착한 곳은 정발산 관광정보센터였다. 그곳 옥상에서는 루프톱 전시가 열리고 있었고, 아이들은 전시를 관람하기 위해 출발했다.

루프톱 계단으로 올라가는 벽에는 포스터가 붙어 있었다.

함께 잇는 기억 – 이동 전시회 <길가의 집>

제목 아래에 손바닥만 한 점토판 사진이 붙어 있었다. 닳아 희미해진 선들과 오래된 무늬들. 타히르는 그 앞에서 걸음을 멈췄다. 며칠 전, 미술 시간에 점토 위에 그렸던 문양이 떠올랐다. 손바닥이 저릿했다.

그 문양은 어디서 본 듯 익숙했지만, 정작 기억 속에서는 찾을 수 없는 것이었다. 타히르는 천천히 손바닥을 펼쳐보았다. 그런데도 마치 남아 있는 감각처럼 선과 문양의 촉감이 되살아났다.

루프톱은 옥상이지만, 어쩐지 아늑한 기분이 들었다. 의자와 테이블에는 단색 천이 둘러져 있었고, 그 위에는 여러 가지 작품이 전시되어 있었다. 입구에서 나눠준 팸플릿에는 이렇게 적혀 있었다.

전쟁과 기억, 그리고 함께 쓰는 이름들

부스 안에는 아이들 그림이 걸려 있었다. 종이 위에 점토 문양을 따라 그린 선들, 그 아래에는 짧은 글이 붙어 있었다.
– 이건, 내가 본 하늘입니다.
– 이건, 전쟁이 끝났을 때 아빠가 들려준 이야기예요.
– 나는 아직 이름을 못 써요.
작은 글귀마다 이야기가 깃들어 있었다. 타히르는 걸음을 옮겼다. 글은 아랍어로 쓰여 있었다. 문양보다도, 글보다도, 그 아래 적힌 이름들에 자꾸 마음이 갔다. 아무도 기억하지 못할 이름들, 발음하기도 어려운 이름이지만 누군가가 끝까지 불러주었을 이름들.
타히르는 전시된 사진과 조각품, 그리고 다른 예술 작품들을 보며 할 말을 잃었다. 작품들에 담긴 것은 너무나 참혹하고 불안했던 시간과 공간이었다. 그 순간들만 생각해도 심장이 벌렁거렸다. 그런데 왜, 그 사진들이 이곳에 전시되어 있는지 묻고 싶었다.

이렇게 아기자기하고 예쁘게 꾸며 놓은 곳에서 잔잔한 음악까지 틀어 놓고 무엇을 하는 걸까? 이들에게는 세상 저편에서 벌어지는 목숨 건 전쟁이 그저 재미란 말인가? 알리고자 한다는 건 핑계고, 그야말로 재미삼아 소비하는 모습처럼 보였다.

고대 문명의 낡은 사진들과 복원된 점토판도 전시되어 있었다. 공간 전체가 마치 과거와 현재를 잇는 선 위 멈춘 시간의 한 조각 같았다.

투명한 유리 너머로 점토판 하나가 보였다. 모서리는 부서져 있었고, 선들은 흐릿했지만, 문양만은 또렷이 남아 있었다. '기억의 복원물 – 이라크 니네베 지역 발굴팀 제공'이라는 작은 설명 문구가 옆에 붙어 있었다. 타히르는 유리 가까이 다가갔다. 손을 뻗었지만, 유리 표면에 막혀 점토에 닿지 않았다.

세아가 말했다.

"너무 비슷해! 너 이거, 전에 본 적 있지?"

지난번 미술 시간에 타히르가 점토 위에 그어 넣은 문양과 비슷하다는 거였다. 이라크 사람이라면 이런 건 대강 따라 한 장식으로, 흔히 볼 수 있다.

세아가 말하는 게 그런 거라면, 본 적이 있었다. 하지만 타히르는 이라크 사람이다. 글이 달랐다. 알아볼 수 없었다. 모르는 이야기들이 거기에 쓰여 있었다.

타히르는 또 다른 점토 모형을 보았다. 이전 것과는 색이 조금 달랐다. 모형이라 그럴 수 있다고 대수롭지 않게 넘기려 했는데 점토 위를 가득 메운 쐐기글자가 타히르를 붙잡았다. 처음 보는데, 너무 익숙했다. 한쪽 머리가 지근거렸다.

진열장 속, 회색빛 점토 조각 하나. 금이 가고 갈라진 그 조각에는 아직 해석되지 않은 설형문자 한 줄이 새겨져 있었다. 짧고 굵게 파인 음각, 옆으로 눌려 늘어진 선, 마디처럼 꺾여 이어진 부분. 얼핏 보면 단순한 기호 같았지만, 타히르는 그 문양을 본 순간, 발아래 땅에 지진이라도 난 듯 흔들리며 꺼져 내리는 기분을 느꼈다.

그건, 누군가의 이름 같았다. 타히르는 자기도 모르게 유리장 안으로 손을 뻗었다. 닿지 못할 걸 알면서도. 손끝이 진열장 표면에 닿자, 싸늘한 감각이 온몸을 훑고 지나갔다. 그 순간, 머릿속에 어떤 문장 하나가 떠올랐다. 누구에게 들은 적도 없고, 어디에서 배운 적도 없는 말이었다.

'나는 그의 죽음을 기록했다.'

'나는 누구지?'

타히르는 속으로 되물었고, 입술이 저절로 움직이고 있었다.

"…… 길가메시."

타히르는 작게 읊조린 말에 스스로 깜짝 놀랐다.

"뭐라고 했어?"

옆에 서 있던 세아가 물었지만, 타히르는 듣지 못했다.

전시관의 조명이 잠시 꺼졌고, 벽면에 영상이 투사되었다. 고대 도시 우루크, 신전, 타오르는 횃불, 검게 드리워진 돌계단. 하지만 타히르는 해설 영상을 '보고' 있는 게 아니었다. 타히르는 '기억'하고 있었다.

키가 크고 체격이 넓은 한 남자가 수메르 옷을 입고 서 있었다. 검은 돌계단 위, 그의 손에는 점토판이 들려 있었고, 그 손은 곧 자신이었다. 그는 그 점토판에 이름을 새기고 있었다. 아니, 이름이 아니라 부름이었다. 부르지 않으면 완전히 사라질 존재의 흔적. 그는 꿈에서처럼 낮고 단단한 목소리로 말했다.

"엔키두."

숨이 거칠어지고, 가슴이 요동쳤다.

"왜 그래?"

세아가 타히르의 팔을 붙잡았다. 뒤늦게 눈치챈 아민도 다가왔다. 그러나 타히르는 그대로 무너져 주저앉았다. 호흡이 흐트러지고, 눈앞이 흐려졌다. 그는 소리 내지 않고 속으로만 되뇌었다.

타히르는 꿈을 꾸고 있었다. 그런데 그 꿈속에서는 자신이 아니었다. 그 사람은 또 누군가와 싸우고 있었다.

"타히르, 타히르. 정신 차려."

타히르는 숨을 몰아쉬며 눈을 떴다. 걱정스레 바라보는 아이들이 보였다. 모두 놀란 표정이었다. 타히르는 천천히 아이들 얼굴을 하나씩 더듬듯 바라보았다. 세아, 수호, 그리고 마지막으로 시선이 아민에게서 멈췄다.

타히르는 천천히 몸을 일으켰다.

"너 혹시 공황장애니?"

세아가 조심스레 물었지만 타히르는 그 말을 이해하지 못했다.

'엔키두.'

타히르는 조용히 손을 뻗었다. 유리 너머, 절대 닿을 수 없는 선을 따라 손가락이 움직였다. 가슴 한쪽에서 둔한 울림이 일었다. 아주 오래전 잃어버린 열쇠라도 찾은 듯한 느낌이었다. 점토판 수업 시간에 손끝이 스스로 기억해냈던 감각이 되살아났다.

'엔키두!'

타히르는 왜 길가메시 이야기 속 '엔키두'라는 말이 자꾸 떠오르는지 궁금했지만, 딱히 물어볼 데도 없었다.

"타히르."

세아가 낮은 목소리로 불렀다. 그리고 조심스럽게 그의 옆에 서며 말했다.

"너 오늘 이상해. 화냈다가 멍하다가. 이제 아민하고 화해 해."

타히르는 아무 말도 하지 않았다.

잠시 뒤, 그는 조용히 입을 열었다.

"여기…… 여기 사람 중, 이 전시 물건에 대해 자세히 아는 사람이 있을까?"

세아는 타히르의 얼굴을 쳐다보더니 이윽고 안내인을 향해 성큼 걸어갔다. 세아는 안내인에게 다가가 무어라 설명하며 뒤쪽에 서 있는 타히르를 가리켰다. 아민은 그 모습을 말없이 지켜보고 있었다.

"타히르, 이리 와."

그들은 함께 안내데스크 쪽으로 걸어갔다. 안내데스크에서 복원 연구원을 소개받았고, 타히르는 가방에서 휴지에 여러 겹으로 싸서 가져온 점토 조각을 연구원에게 꺼내 보였다. 연구원은 놀란 듯 눈을 크게 떴다.

"이건…… 어디서 난 거죠? 점토가 오래된 건 아닌 것 같은데요?"

타히르는 자기가 만든 거라고 했다. 연구원은 타히르의 얼굴을 힐끗 보았다.

타히르는 그가 무슨 말을 하는지 다 이해하지 못했지만, 그의 말은 어딘가 울리는 소리처럼 마음에 남았다.

'아주 오래된……?'

'나는 어디서 왔을까?'

타히르는 생각했다. 한 번도 자신의 존재나 존재 의미를 생각해 본 적은 없었다.

"아마 이 학생이 이라크 출신이라 그런 걸 접했겠죠."

뒤늦게 따라온 담임선생님이 웃으며 얼버무리자, 연구원도 애써 수긍하듯 고개를 끄덕였다.

"하지만……."

그의 표정은 영 개운치 않아 보였다. 말끝을 흐리더니, 이내 타히르를 향해 물었다.

"그, 네가 만든 점토판 말이야. 내가 사진 좀 찍어도 될까?"

타히르는 자연스럽게 허락했다.

전시 관람은 마치 국수를 후루룩 마시듯 금세 끝났다.

타히르는 끝내 아민에게 사과하지 않았다. 그날의 마음이 그랬다.

4. 단톡방의 덫

쉬는 시간, 교실 구석구석에서 크크크, 크크, 웃음소리가
났다.

"뭔데? 뭔데?"

누군가 휴대전화 화면을 돌려 보여주며 키득거렸다.

"봐, 여기. 진짜 멱살 제대로 잡았지? 이거 완전 이라크 스
트리트 파이터잖아."

"우리 아민은 절대 지지 않았고요."

아민이 어이없다는 듯 웃었다. 수호는 애매한 표정을 지
었다.

"이 영상 누가 만든 거야?"

"누가 찍은 건지는 몰라도, 단톡방에 올라왔더라고. 편집까
지 해 놨어. 자막 봤냐? '폭군 강림!' 개 웃겨."

수호는 고개를 숙였다.

– 멱살 타히르 ㅋㅋ.

– 이라크 좀비 각 ㅋㅋ.

– 국민 청원 올릴까?

체험학습 날, 타히르가 아민의 멱살을 움켜쥐고 밀쳐 내는 장면. 찰나였지만, 영상은 타히르를 그 장면 속에 단단히 가둬 버렸다.

영상은 타히르 모르게 돌아다녔다. 타히르는 아직 단톡방에 없기 때문이다. 아이들이 웃을 때 뭔가 있다는 건 알았다. 영상을 보던 아이들이 흘끔흘끔 자신을 쳐다보고 있었기 때문이다.

타히르는 모르는 척, 명랑하고 쾌활하게 지냈다. 그리고 웃을 일이 생기면 호탕하게 웃었다. 아프거나 슬플 때 더 웃고, 더 신나는 듯해 온 건 오랜 습관이었다. 아빠와 엄마가 불안해할까 봐 더 밝게 까불거렸다.

하지만 타히르는 아민의 옷깃을 움켜쥐며 화를 낸 이후로 아민과는 말도 하지 않았다. 아이들은 운동장에서 팀을 나눠 게임할 때만 타히르를 데려가려고 했다. 그 외에는 가끔 와서 장난치다가 다시 가는 것 말고는, 좀처럼 다가오지도 않았다.

"타히르."

세아였다. 세아는 아직 말이 서툰 타히르에게 단톡방이 있고, 그 안에서 영상이 돌아다니고 있다는 걸 알려 주고 싶었다. 세아는 타히르에게 영상을 보여주었다. 타히르는 별생각 없이 세아가 보여주는 영상을 들여다보았다. 그 영상을 처음 본 순간, 가슴이 쿵 내려앉았다.

사진 속 그의 표정이 잔인하게 편집되어 있었다. AI로 얼굴을 수정한 듯했다. 이건 무기를 든 군인들이 들이닥칠 때의 공포와는 또 달랐다. 그날, 마음속의 속상함 때문에 멱살을 잡았지만 딱 거기까지였다.

타히르는 가슴 안쪽에 무거운 돌이 차곡차곡 쌓이는 느낌이 들었다.

다음 날 아침, 등굣길이었다. 교문 앞에서 몇몇 아이들이 수군댔다.

"그날, 체험학습 날, 피 튈 뻔했대."

"아, 그래서 그날 버스에서 둘이 말도 안 했구나?"

타히르는 그 소리가 자신을 향한 것임을 눈치챘다. 하지만 아무렇지 않은 듯 천천히 걸었다. 몸이 커서 걷는 것만으로도 위압적일 수 있다는 걸 알고 있었지만, 지금은 일부러 더 천천히 걸었다. 발끝이 땅을 누르듯, 한 걸음 한 걸음에 무게를 실었다.

세아는 복도를 걸으며 휴대전화를 들여다보다가 걸음을 멈추었다.

단톡방을 스크롤하던 손가락이 멈췄다. 누군가 올린 사진 한 장이 있었다. 타히르의 얼굴 위에 붉은 글씨로 '분노 게이지 100%'라고 적힌 사진이었다.

그 아래에는 이모티콘들이 주렁주렁 매달리듯 달려 있었다.

세아는 휴대전화 화면을 껐다.

복도 끝에서 타히르가 교무실 문 앞에 서 있는 게 보였다. 서 있기만 했는데, 마치 무언가를 고백하려는 듯한 뒷모습이었다. 타히르는 결국 교무실 문을 열지 않았다. 고개를 살짝 숙인 채 뒤돌아서 걸었다.

점심시간이 되었다.

세아는 급식 줄 앞에 선 수호에게 말했다.

"너도 알지?"

수호는 뭘 안다는 거냐는 표정을 지었다. 하지만 오지랖 넓은 수호는 반에서 일어나는 일은 모르는 게 없었다.

"요즘 분위기 좀 별로. 우리 반, 왜 이렇게 된 거지?"

수호가 중얼거리며 밥을 받았고, 세아는 말없이 수호를 따라갔다.

세아는 수호와 마주 앉아 밥을 먹었다.

"뭐냐? 회장, 부회장 회식이냐?"

수호의 너스레에 세아가 웃었다.

"너 아민에게 신경 좀 써. 내가 타히르 통역사긴 해도, 아민은 배신 못 해."

세아는 수호가 하는 말이 무슨 뜻인지 이해할 수 없었다. 아민은 신경 쓰고, 안 쓰고 할 사이가 아니다. 유치원 때부터 이어 온 우정 같은 거다. 동성이면 어른들이 말하는 불알친구, 뭐 그런 거다.

수호가 작은 목소리로 세아에게 물었다.

"너, 타히르 좋아하지?"

"내가 뭐? 말도 안 돼."

수호는 더 이상 말하지 않았다. 둘 사이에는 어색한 공기가 맴돌았다.

세아가 이어 말했다.

"너 쓸데없는 이야기하고 다니지 마. 그리고 영상 말이야. 괜히 더 문제 만들지 말자. 조용히 지나가는 게 나을 수도 있어."

수호는 묵묵히 밥을 국에 담가 숟가락으로 떠먹었다.

"근데, 그냥 지나가면…… 이건 진짜…….."

"야, 김수호야. 실제로 큰 문제도 없었잖아. 그게 팩트잖아."

그 말에 수호는 다시 입을 다물었다.

체육 시간이었다. 피구를 하고 있는데, 공이 빠르게 날아왔다.

공은 바람 소리를 내며 타히르의 어깨를 세게 때린 뒤 퍽, 소리를 내며 튕겨 나갔다.

"앗, 미안!"

아민이 웃으며 말했다. 그러자 아민 옆에 있던 다른 아이가 말했다.

"아민, 피구는 원래 맞히는 게임이야. 왜 사과해?"

공에 맞아 아웃된 타히르가 코트 밖으로 나가고 있던 그때 어디선가 날아온 공이 정확히 뒤통수를 때렸다. 타히르는 몸을 홱 돌려 아민을 쳐다봤다.

싸늘한 기운이 운동장에 내려앉으며, 순간이 정지된 화면처럼 느껴졌다.

"어, 미안. 빨리 나가지."

타히르는 화를 내야 할지, 웃어넘겨야 할지 판단이 서지 않았다. 처음엔 웃으려 했다. 진심으로 웃으려 했다. 하지만 뭔가 잘못되었다는 걸 곧 깨달았다.

"야, 쟤 말이야, 타히르. 눈빛 봤냐?"

"아 진짜, 진짜로 피구 공 들고 돌진하는 줄 알았다니까."

"뭐야, 무서워."

"진짜 저런 애는…… 강제 추방해야 해. 농담 아님."

타히르는 화장실 안에서 아이들의 말을 듣고 있었다. 전부 다 알아들을 수는 없었지만 '타히르, 타히르, 타히르 개' 이런 말들이 웅성웅성 섞여 들려왔다.

타히르는 눈을 감았다. 피구 공을 들고 움직인 적은 한 번도 없었다. 몸도, 손도, 시선도, 그 어떤 것도 하지 않았지만, 그는 이미 아이들에게 '무서운 존재'가 되어 있었다.

학교 수업이 끝나고, 세아는 아민에게 만나자고 했다. 동네 놀이터에 나가 보니, 아민이 농구공을 바닥에 통통 튀기고 있었다.

"농구하려고?"

"응."

"맨날 그 애들?"

아민은 어깨를 으쓱했다. 그렇다는 뜻이었다. 세아는 아민을 잘 알았다. 학교에 딸린 부설 유치원부터 같이 다닌 사이였다. 동네 아이들은 대부분이 그랬다. 겉모습은 외국 아이 같았지만, 아민은 한국 아이와 다를 바 없었다. 그들은 여섯 살 때부터 줄곧 같은 유치원, 같은 초등학교, 같은 중학교에 다녔다.

아민의 부모님은 파키스탄에서 왔지만, 세아는 아민이 파키스탄에 가는 걸 본 적이 없었다. 가끔 지나가던 어른이 아민에게 "너는 어느 나라 사람이니?" 하고 물으면, 다른 아이들이 다 같이 답했다. "아민은 우리나라 사람이에요"라고. 그렇게 아민은, 말로 정해진 적은 없지만 아이들이 함께 지키는 아이였다. 그런데 이제 그런 아민이 자기와 외모가 비슷한 아이를 따돌리려 하고 있었다.

"아민?"

아민은 말없이 세아를 쳐다보았다.

"타히르가 맘에 안 들어?"

"…… 그 자식이 먼저……."

세아는 알고 있었다. 겨우 멱살 한 번 잡았다고 그럴 아민이 아니다.

"아민, 너는 어릴 때부터 여기 살아서 낯설지 않지만, 타히르는 한국에 온 지 얼마 안 됐고, 한국말도 서툰 난민이잖아."

세아는 아민을 설득하려는 듯 말을 이었다.

"그래서 세아 너는 그 자식이 불쌍한 거야? 그래서 타히르가 별다른 이유도 없이 나한테 덤볐는데도 걔 편을 드는 거야?"

세아는 어이가 없어졌다.

"야, 아민. 타히르가 네 멱살을 움켜쥐고 싸우려고 한 건 알아."

"내가 잘못한 거 없는 것도 알지?"

"그래, 알아. 네가 먼저 시비 걸고 그럴 애도 아니잖아."

세아가 자기 말을 이해해 주자 아민의 표정이 좀 누그러졌다.

"하지만 아민, 그렇다고 걔가 크게 폭력을 휘두른 건 아니잖아? 그런 일로 단톡방에 과장된 영상을 올리고. 그게 막 퍼지는 건 아닌 거 같아."

"내가 괜히 그러는 사람이 아니란 걸 알면서 그 자식 편을 드는 거야?"

세아는 말을 하면 할수록 상황이 더 안 좋아지는 느낌이 들었다.

"내가 무슨 편을 들었다고 그래? 난 우리 반에서 안 좋은 일이 생기는 게, 내 입장이 좀⋯⋯."

아민은 그런 세아의 태도를 보며 더 화가 났다.

"야, 정세아. 이런 영상 전에도 올라왔었어. 그때 네가 이렇게 반응한 적 있어?"

"없지. 이건 다르니까."

"뭐가? 뭐가 다른데?"

세아는 답답했다. 아민도 이게 예전의 일과 경우가 다르다는 걸 분명히 알 텐데, 일부러 모르는 척 유치하게 버티고 있었다.

아민 역시 화가 났다. 왜 세아는 타히르 일에만 예민하게 반응하는 걸까? 타히르를 챙기는 세아의 모습이 자꾸 신경을 긁었다. 회장은 핑계고, 사실은 다른 마음이 있는 건 아닐까 하는 생각이 들었다.

아민은 오랫동안, 세아에게 향하는 자신의 마음을 붙잡고 있었다. 다른 아이들과는 달라서, 쉽게 말로 꺼낼 수가 없었다. 대신 '둘도 없는 친구'라는 이름으로 지내 왔다. 그런데 세아가 타히르에게 마음을 여는 걸 보자 화가 난 것이다.

작은 불씨들이 눈덩이 굴리듯, 점점 커지고 있었다.

5. 부서진 조각, 살아난 이름

　며칠 뒤, 아이들은 동아리별로 각자 정한 장소로 답사를 갔다. 동아리별 역사 수행평가 과제를 위한 것이었다. 동아리가 처음 정해졌을 때, 세아와 수호가 이런저런 자료를 찾다가 마침 국립중앙박물관에서 <메소포타미아 문명전>을 하는 걸 알게 되었다.

　전학 와서 적응하기 힘든 타히르를 위해서도, 또 자신들을 위해서도 딱 맞다고 생각해 그곳을 선택했다.

　세아와 수호는 사이가 껄끄러워진 타히르와 아민를 함께 데리고 박물관에 가는 것이 부담스러웠다. 하지만 둘의 사이가 틀어지기 전에 이미 동아리가 정해진 터라, 다른 멤버로 바꿀 수도 없었다.

　그날도 세아와 수호는 타히르와 아민의 눈치를 살피느라 지쳐 있었다.

　지하철을 한 번 갈아타고 이촌역에 내린 뒤, 박물관 방향으로 걸어갔다. 세아는 아민과 함께 앞서가고, 수호는 타히르를 챙기며 뒤를 따르기로 했다. 세아는 뒤를 돌아보며, 타히르와 수호가 잘 따라오고 있는지 살폈다.

"빨리 따라와, 김수호. 쓸데없는 얘기 하느라 멈추지 말고."

아민은 그런 세아를 힐끗 쳐다보고 짧게 한숨을 내쉬었다.

박물관은 생각보다 조용했다. 그들은 3층으로 갔다. 그곳에 는 '메소포타미아실'이 있었다. 해설지를 하나씩 집어 들고, 표시된 관람 동선을 따라 걸었다. 아이들은 타히르가 자기들 보다 메소포타미아에 대해 더 잘 알 거라고 생각하고 있었다.

"자, 네가 가이드해도 되지 않냐?"

"무슨, 아냐."

수호가 타히르를 툭 치며 괜히 호들갑을 떨었다. 하지만 타 히르는 정작 이라크에 살 때도 바그다드 박물관이 폐쇄돼 한 번도 가 보지 못했다.

메소포타미아는 기록의 땅이라 불린다고 적혀 있었다. 흙벽 돌이나 점토에 아무렇게나 찍어 놓은 선들이 사실은 쐐기문 자고, 무언가를 적어 남긴 기록이라고 했다.

"타히르, 저 글자 무슨 뜻인지 알아?"

타히르는 어깨를 들썩이며 말했다.

"나도 옛날 글자는 몰라."

안내판에는 '기원전 3000년경 쐐기문자. 보릿가루를 주고 받은 거래 장부로 추정됨'이라고 씌어 있었다.

타히르는 자기 나라와 관련된 전시라서인지, 전시물 하나하나를 유심히 보았다.

그런데 이번 전시에 나온 메소포타미아 유물 66점을 소장한 곳이 미국 '메트로폴리탄 미술관'이라고 했다.

아이들은 왜 이라크 문화재를 가지고 있는 곳이 미국이냐며, 말도 안 된다고 떠들었다.

정작 타히르는 말이 없었다.

"오, 머리는 대머리인데 치마 봐. 레이스인가? 엄청 멋쟁이인데?"

"남자들도 다 치마 입었나 봐. 옷차림이 다 비슷한데."

세아는 여자라 그런지 옷차림에 유난히 관심이 많았다. 세아가 가리킨 인물상은 동그란 대머리처럼 보이는 머리에, 크고 깊은 눈을 하고 있었다.

타히르는 그 눈을 자세히 들여다보았다. 두 손은 공손한 자세로 모아져 있었다. 자기 조상의 모습일지도 모른다고 생각하니 느낌이 달라졌다.

왕 조각상이 입은 옷에도 글자가 새겨져 있었고, 머리에 무언가를 이고 있는 여인의 치마에도 글이 새겨져 있었다.

"와, 엄청나다. 이 마부상 봐. 말도 사람도 요즘 것과 비교해도 전혀 뒤지지 않아. 어쩌면 이렇게 정교할까? 기원전 7세기거래."

"와, 사자 벽돌이야. 높낮이를 다르게 만들었어."

세아는 너무 놀라 연신 감탄했고, 아민은 말없이 그 뒤를 따라다녔다. 타히르는 자기 나라의 문명과 문화를 누군가가 이렇게 감탄하며 바라보는 것이 나쁘지 않았다.

해설가 선생님의 설명을 듣기 위해 모두 통역 기능이 있는 이어폰을 착용했다. 타히르는 혹시 아랍어 해설은 없는지 물어보았지만, 아랍어 통역은 없었다.

한쪽 구역엔 뾰족한 대나무 펜으로 눌러쓴 설형문자가 새겨진 점토판이 조각나 있었다. 무늬는 희미했고, 표면은 마치 오래된 흙먼지가 채 닦이지 않은 듯 거칠었다. 어떤 조각에는 고대의 기호가 겹겹이 새겨져 있었고, 일부에는 번역문과 함께 작은 설명문이 붙어 있었다.

'수메르 사원의 재무 문서 추정' '우루크 지역 발견 추정, 기원전 2100년경'

"와, 기원전 2100년경? 그때 재무 문서가 있다고?"

연신 놀라며 전시를 보던 아이들은 다리가 아파 어딘가에 앉아 쉬기로 했다.

타히르는 이라크에서 살 때는 잘 몰랐던 것을 알고 나니 자기 나라인 이라크가 참 멋진 나라라는 생각이 들었다. 그런데 이제는 ─ 그곳이 아닌 여기, 이 나라 사람으로 살아야 한다는 ─ 어디에도 속하지 못한다는 걸 깨닫는 시간이었다. 씁쓸했다.

"화장실 갈 사람?"

타히르를 빼고 모두 화장실을 간다고 했다. 타히르는 좀 더 이곳에 그대로 머무르고 싶었다. 세아와 수호는 타히르에게 꼼짝 말고 있으라는 당부를 몇 번이나 하고 아민과 함께 화장실로 갔다.

타히르는 박물관에서 보이는 하늘과 나무, 멀리 보이는 연못을 멍하니 둘러보았다.

간간이 바람이 불었다. 휙휙, 바람 소리를 따라 마음이 간질간질했다.

"나를 만나니 어때? 길가메시."

갑자기 들려온 목소리에 타히르는 움찔 놀랐다.

목소리 그 자체보다도, 자신을 길가메시라고 부른 것이 더 놀라웠다. 전시관 어디에도 길가메시에 관한 건 없었다. '메소포타미아 문명전'에서도 보지 못했으니, 그 전시회를 떠올리다 한 착각일 리도 없었다. 타히르는 자신의 귀를 의심했다.

"길가메시, 나는 너를 기다렸어. 다시 태어나고, 다시 태어나고, 또다시 태어나서."

얼마 전 일식 때 지칠 줄 모르고 싸우던 엔키두였다. 자신에게 끝까지 대적한 건, 수많은 전투를 통틀어서 엔키두가 최고였다. 그 얼굴을 다시 보자, 타히르의 마음이 이상하리만큼 편해졌다. 야생 생활에서의 삶에 익숙한 엔키두가 자기를 기다렸다고 하자, 방황하며 머물 곳이 없다고 느끼던 마음이 조금 안정되었다.

타히르는 자신도 모르게 벌떡 일어섰다.

"가자, 삼나무 숲으로. 훔바바를 물리치자."

세아와 아민, 그리고 수호는 갑자기 벌떡 일어나 소리치는 타히르를 보고 깜짝 놀랐다.

그러나 그 순간, 타히르의 정신은 아이들과는 전혀 다른 곳에 가 있었다.

"엔키두, 삼나무 숲으로 가자. 우리가 함께하면 훔바바 따윈 얼마든지 물리칠 수 있어."

"삼나무 숲은 신의 영역인데, 우리가 들어갈 수 있을까?"

길가메시는 걱정하지 말라며, 엔키두를 안심시켰다. 그는 반은 신, 반은 인간이었다. 신의 영역인 삼나무 숲을 지키는 훔바바를 없애면 길가메시와 엔키두는 최고의 인간이고, 신도 두렵지 않은 인간이 될 것이다.

길가메시 역시 두려웠다. 하지만 우루크의 왕으로서 영역을 넓혀가려면 다른 영역으로 나야가야 했다.

싸우다가 둘도 없는 친구가 된 엔키두는 길가메시의 어깨에 한 손을 올리고, 고개를 끄덕였다.

엔키두가 말했다.

"길가메시, 이제 형제 같은 친구가 된 우리는 무엇이든 함께하는 거야."

길가메시는 엔키두와 함께 서둘러 삼나무 숲으로 갔다.

가는 길에 산이 무너져 깔릴 뻔도 하고 황소가 나타나 짓밟힐 뻔도 했다. 깊은 졸음이 밀려오는 순간도 있었다. 꿈을 꿀 때마다 길가메시는 엔키두에게 말했다.

"엔키두, 꿈꾼 듯해. 산이 무너졌어."

"길가메시, 그 산의 주인은 훔바바야. 우린 훔바바를 누찌르면 돼. 그럼 그 산의 주인은 우리야. 저 깊은 삼나무 숲을 우루크 사람들도 즐길 수 있게 되는 거야."

엔키두는 길가메시가 흔들릴 때마다 그의 마음을 붙들어주었다.

그렇게 서로를 의지하며 마침내 둘은 삼나무 숲에 들어섰다.

삼나무가 빽빽한 숲은 어둠을 품은 듯 음침했다. 그때, 무시무시하게 커다란 괴물이 모습을 드러냈다. 사자 머리를 한 채, 몸에서는 불과 연기가 뿜어져나왔다.

"감히 신의 영역인 삼나무 숲에 들어오다니, 용서할 수 없다."

훔바바가 우레 같은 소리를 지르자 길가메시와 엔키두는 그대로 얼어붙었다. 하지만 엔키두는 길가메시에게 두려워하지 말라고, 우린 할 수 있다고, 이길 수 있다고 용기를 줬다.

길가메시와 엔키두는 무시무시한 훔바바를 바로 바라보는

것도 힘들었다. 일곱 개의 후광이 훔바바를 감싸고 있었다. 둘만의 힘으로는 훔바바를 이길 수 없을 것 같았다. 훔바바에게는 빈틈이 없었다.

길가메시는 삼나무 숲으로 온 걸 후회했고 무엇보다 엔키두를 데려온 걸 후회했다. 그러나 엔키두는 여전히 길가메시를 믿는다고 했다. 끝까지 함께 싸우겠다고.

둘은 힘을 합쳐 훔바바의 후광을 하나씩 하나씩 제거했다. 하지만 후광이 줄어들어도 훔바바는 끄떡없었다.

그때 어떻게 된 영문인지 훔바바가 움직이지 않았다. 길가메시는 그 찰나를 놓치지 않고 용기를 내 훔바바를 공격했다.

"아, 길가메시, 엔키두. 나를, 제발 나를 살려줘."

커다란 괴물이 눈물을 흘리며 사정하자, 길가메시의 마음이 크게 흔들렸다.

엔키두는 길가메시를 다독였다. 훔바바를 살려두면 그가 우리를, 우루크를 가만두지 않을 거라고 말했다. 길가메시는 이를 악물고 마침내 훔바바의 잦아드는 숨을 완전히 끊었다.

거대한 거인이 숨을 멈추자, 길가메시와 엔키두의 눈에서는 눈물이 비 오듯 쏟아졌다. 이겼는데도 왜 눈물이 나는지 알 수 없었지만 둘은 서로를 꼭 껴안고 함께 울었다.

"엔키두, 엔키두."

타히르는 아민의 손을 잡고 울고 있었다. 모두 당황스러

왰다. 박물관 정원 벤치에 마치 다른 세상에 있는 사람처럼 그대로 누워 잠들어 있던 타히르가 갑자기 엔키두를 찾으며 아민의 손을 꼭 쥐고 운 것이다.

"이상해. 나도 슬퍼져."

수호는 중얼거리며 세아와 아민을 쳐다보았다. 타히르에게 손을 잡힌 아민도 같이 울고 있었다. 세아는 그런 아민의 등을 토닥거렸다. 그리고 둘을 보며, 이 일을 타히르에게 따져 묻지 말라고 했다.

학교로 돌아오는 지하철 안에서 타히르는 내내 말이 없었다.

"타히르, 아 유 오케이?"

"괜찮아."

수호가 장난스럽게 묻자, 타히르는 한국말로 짧게 대답했다.

그날 밤, 타히르는 좀처럼 잠들 수 없었다. 이라크에 있을 때도 느껴 본 적 없는 감정이었다. 이 마음은 대체 무엇일까? 왜 하필 지금, 왜 이렇게 자꾸만 떠오르는 걸까. 그 조각…… 점토 조각의 기억이 되살아났다. 그 조각의 선, 질감, 흙의 입자, 선을 따라 새겨진 음각의 패턴. 그것은 단순히 '본 것'이 아니었다. 몸이 기억하고 있었다.

'그 싸움은 뭐지? 나는 길가메시, 그리고 엔키두.'

정신을 잃었을 때 꾼 꿈에서 타히르는 길가메시가 되어 훔바바와 싸우고 있었다. 힘은 막상막하였고, 마치 짐승이 된 듯했다. 엔키두가 보고 싶었다. 함께 싸운 엔키두의 거친 야생 얼굴을 떠올리는데 자꾸만 그 얼굴에 아민의 얼굴이 겹쳐졌다.

엔키두, 아민. 엔키두, 아민.

다음 날, 타히르는 복도에서 아민과 마주쳤다. 아민은 타히르를 못 본 척 무심하게 지나치려 했다.

"미안해. 그날 일."

타히르는 아민에게 조심스럽게 사과했다. 생각해 보면 아민은 잘못한 게 없었다. 타히르는 번역 앱을 열어 자기 마음을 써서 보여주었다.

– 네가 죽은 새를 바보라고 그래서 화가 났어. 나와 내 가족이 그렇게 죽을 줄도 모르고 돌진하는 새 같았거든.

아민은 휴대전화 화면에 뜬 글을 힐끗 읽었다. 그러고는 타히르의 얼굴을 한 번 보고, "미친 새끼"라고 내뱉으며 그대로 교실 안으로 들어가 버렸다.

타히르는 박물관에 다녀온 뒤부터 길가메시에 대해 찾아보았다. 휴대전화 검색이 전부였지만 그것만으로도 길가메시에 대해 알기에는 충분했다.

물론 몰랐던 이름도 아니었다. 이라크인이라면 길가메시를 모를 수가 없다. 하지만 길가메시를 아는 것과 갑자기 자기가 길가메시라는 생각이 드는 것은 전혀 다른 문제였다.

'왜 자꾸 내가 길가메시라는 생각이 드는 거지?'

6. 학폭위

"봤어? 우리 반 단톡에 새 영상 떴어."

"이번엔 자막까지 개 정확해. 짐승 폭군 강림, 완전 개 웃겨."

"AI가 더 개무섭게 만들었네!"

아이들이 깔깔대며 숨 쉬듯 말끝마다 '개'를 붙였다.

누군가는 책상 밑에서 몰래 영상을 틀었고, 또 누군가는 볼 륨을 낮춰 헉헉, 숨소리가 새어 나오게 해 두었다. 작은 소리 였지만, 그 숨소리만으로도 교실 안에는 긴장이 번졌다.

"봐봐. 여기, 완전 개짐승 같잖아."

"개냐? 개 짐승이냐?"

"야, 멱살 잡고 눈 번뜩이는 거, 영화 아냐? 공포물인데?"

아이들이 서로 팔을 치며 키득거렸다.

한쪽에서는 "이거, 진짜 학폭위 간대" 하는 말도 흘러나 왔다.

타히르는 무슨 영상이 돌고 있는지 직접 볼 수 없었다. 하지만 좋지 않은 일들이 일어나고 있다는 건 아이들의 눈빛과 웃음만으로도 눈치챌 수 있었다.

어딘가에서, 자신이 괴물처럼 편집된 영상이 또다시 돌아다니고 있는 거다. 아빠나 엄마가 이걸 알게 된다면? 혹시 문제가 생기면, 이번 일은 그냥 도망치거나, 말로 하거나, 싸워서 끝낼 수 있는 일이 아니었다. 타히르는 가슴이 쿵, 내려앉았다.

그때 세아가 갑자기 자리에서 일어났다.

"너희, 지금 뭐 보는 거야?"

아이들이 동시에 움찔했다.

"아무것도 아냐."

"아니긴 뭐가 아니야. 지난번 그거 맞지? 멱살 잡는 거."

허둥지둥 휴대전화를 주머니 속에 밀어 넣는 아이들도 있었다.

"너희들, 사람 하나를 괴물 만들어 놓고 재미있어? 아민, 네가 올린 거야?"

아민은 책상 위에 올린 손가락으로 천천히 책상 표면을 두드렸다. 대답하지 않았다. 세아가 재차 묻자 담담한 목소리로 말했다.

"그냥…… 애들끼리 웃으려고 한 거잖아. 네가 심각하게 받아들이니까 그렇지."

세아의 목소리가 높아졌다.

“뭐가 웃기는데? 누군가한테는 전부인데?”

수호는 옆에서 아민을 쳐다보았다. 세아가 타히르 편을 들수록, 아민은 더 화를 내는 듯했다.

‘정세아, 저 바보.’

수호는 답답했다.

“우리가 영상 돌려 보면서 웃은 게 이번이 처음도 아니잖아. 왜 그래?”

아민은 세아를 보며 더 화를 냈다.

“그동안 그 영상들이 특정인을 안 좋게 표현한 거였잖아.”

“뭘 안 좋게 표현해? 나야말로 내가 저 자식한테 멱살 잡혀 있는 게 좋겠어? 그리고 없는 일을 지어낸 거도 아니잖아? 아무 잘못 없는 나를 건드린 건 타히르라고.”

타히르는 지난번 아민에게 지나가듯 사과했던 게 아무 소용이 없다는 걸 깨달았다.

그때 교실 문이 덜컥 열렸다. 담임선생님이었다.

“뭐 때문에 그러지?”

아이들은 동시에 입을 다물었다.

“세아는 말 안 할 거 같고. 수호야, 무슨 일이니?”

수호는 난처한 표정을 지었다.

“세아랑 수호 교무실로 와라. 너희는 조용히 자습하고 있고.”

아민은 고개를 숙인 채 책상 위 펼쳐 둔 노트에 볼펜으로 의미없는 선을 그어대고 있었다.

　교무실로 불려간 수호는 왜 자신이 죄를 지은 사람처럼 와 있어야 하는지 짜증이 났다. 세아는 담임선생님에게 지난번 현장 체험학습 때 타히르와 아민이 다투었다고만 간단히 말했다.

　"그 얘기는 나도 들었지. 그런데 우리가 타히르랑은 대화가 잘 안 통하다 보니 무조건 아민 편만 들기도 뭐해서 그냥 두고 봤는데, 그게 계속 문제가 되는 거니?"

　담임선생님이 묻는 사이, 수호는 단톡방에 올라온 영상을 보여주려고 휴대전화를 켰다. 그때 세아가 갑자기 수호를 툭 쳤다.

　"야, 뭐해? 선생님하고 이야기하는데 휴대전화는 왜 만져?"

　"아니, 그게 아니라⋯⋯."

　수호가 말끝을 흐리자, 세아는 담임선생님에게 별일 아니라고 이야기하고 수호를 데리고 나왔다.

　"선생님이 물어봐서 보여드리려고 하는데?"

　"그거 선생님이 보시면 그냥 넘어갈 거 같아? 너 바보냐?"

　"선생님이 그 영상을 보시면 그게 어떻게 그냥 넘어가겠냐고. 타히르를 진짜 폭군이라고 의심할 수도 있고, 영상 만든 사람 찾아낼 게 뻔하고. 어쩌면 학폭위까지 갈 수도 있어."

　"영상 만든 거 아민이지?"

"쉿! 누굴 안 좋게 보이게 하는 영상 돌리는 거, 그게 학폭이라고. 다 아민 위해 그러는 거야."

"타히르를 위하는 거 아니고?"

세아는 고개를 절레절레 흔들었다. 지금 돌고 있는 영상은 큰일로 번질 수 있어서 더 커지기 전에 어떻게든 영상을 지우고 없애야 한다고 생각했다.

세아는 쉬는 시간에 아민을 따로 불렀다.

"아민, 영상 지워. 당장 그 영상 없애."

"왜? 타히르 때문에?"

세아는 아민에 대한 마음이 각별했다. 그건 어린 시절부터 같이 지내 온 모든 친구와 같은 마음이었다. 아민을 마치 외국인 취급하는 모든 이들에게 아민은 우리랑 같다고, 우리 친구고 한국인이라고 입을 모아 말해 주고픈 아이였다. 그런 아민은 지금 자기보다 더 약한 아이를 궁지에 몰고 있는 거다.

"네가 올린 영상 그거, 너도 타히르도 위험해질 수 있어."

"내가 왜? 난 피해자인데."

"네가 피해자라고? 멱살 한 번 잡혔다고 계속 피해자라고 하는 거야? 네가 그렇게 엄살이 심한 애였어?"

아민은 기가 막혔다. 세아가 이렇게까지 타히르를 위해 나설 줄은 몰랐다.

"영상 지우고 다른 애들도 다 지우라고 해."

"싫어. 네가 뭔데 영상을 지우라 마라야? 그리고 처음 영상

찍은 사람, 나도 아니야.”

세아는 그런 아민을 한심하다는 듯 쳐다보고 교실로 들어갔다. 아민은 주먹을 움켜쥐었다.

학교 수업이 끝나자, 타히르는 지하철을 타고 불광역으로 향했다. 불광역에는 서울혁신파크라는 곳이 있는데, 그곳에 난민을 돕는 NGO 난민인권센터가 있다. 일주일에 한 번씩 오는 곳이라 타히르에게는 한국에서 몇 안 되는 익숙한 곳 중 하나였다.

타히르는 늘 가던 작은 방으로 가서 우주드를 기다렸다.

잠시 후, 우주드가 상자를 들고 들어왔다.

“안녕하세요? 형.”

“하하, 발음 좋은걸. 우리나라 사람이 말한 거랑 거의 같아. 먼저 좋은 소식과 나쁜 소식이 있어. 어떤 소식부터 들을래?”

나쁜 소식이라는 말에 타히르는 순간 불안해졌다. 나쁜 일은 원래 예고 없이 찾아왔고, 늘 엄청난 일들이었기 때문이다.

“하하, 덩치는 커다래서 쫄기는…….”

타히르는 살짝 긴장이 풀렸다.

“좋은 소식부터 전할게. 자, 선물. 노트북이야.”

우주드는 타히르 앞으로 상자를 내밀었다. 노트북이라는 말에 타히르는 눈을 동그랗게 떴다.

“요즘은 중학생도 노트북은 필수야.”

타히르는 이거 어디서 났느냐는 눈빛으로 우주드를 바라보았다.

“기업에서 후원한 거야. 한국은 대부분이 디지털 기기를 사용하는 나라라서.”

“그럼 이거…… 저, 주는 거예요?”

우주드는 고개를 끄덕였다. 타히르는 조심조심 상자를 열고, 노트북을 만져보았다.

“좋긴 한데 아버지가 뭐라고 하실지, 이런 거 왜 받아오냐고…….”

우주드는 NGO 사무실에서 타히르 아빠에게 잘 이야기해 줄 거라고 말했다.

“한국에서는 컴퓨터나 태블릿 없으면 공부하기 힘들어.”

그건 타히르도 느끼고 있었다. 아이들은 가방에서 태블릿이나 아이패드를 꺼내 늘 뭔가를 했다. 수업 시간에도 다들 사용했다. 타히르도 학교에서 태블릿과 컴퓨터를 써 본 덕분에, 사용하는 방법쯤은 잘 알고 있었다.

“타히르, 안 좋은 소식도 있어.”

타히르는 노트북을 만지작거리던 손을 멈추었다.

“우리가 그동안은 일주일에 한 번씩 만났잖아. 미안하지만 내가 좀 바빠져서, 이제는 한 달에 한 번 만날 수 있을 거 같아.”

타히르의 표정은 담담했다.

"오, 섭섭한데, 안 아쉬워?"

"아쉬워요."

"그렇지? 벌써 몇 달 동안 우리가 든 정이 얼만데. 대신 우리 일주일에 한 번은 줌으로 만나자. 컴퓨터로 연결해서 온라인으로 얼굴 보며 만날 수 있어."

한국어도 서툴고, 일상적인 소소한 것조차 낯선 타히르에게 우주드는 정말 형처럼 잘 알려주었다. 한국에 와서 조금씩 마음을 열 수 있도록 한국살이를 도와준 그와 이제 한 달에 한 번밖에 만나지 못한다고 생각하니 아쉬웠다. 그래도 줌으로나마 일주일에 한 번씩 만날 수 있다는 게 위로가 되었다.

난민에게는, 아무리 정이 들었어도 하루아침에 떠나야 하는 일이 흔했다. 짐도 많으면 안 됐고, 비싼 물건도 가능한 한 탐내지 않아야 한다. 그래서였을까, 타히르는 애초에 우주드를 오래오래 만날 수 있을 거란 기대를 해 본 적이 없었다. 그런 삶을 살다 보니 마음을 솔직하게 표현하지 않는 것에도 어느새 익숙해져 버렸다.

우주드는 타히르를 데리고 빙수 카페로 갔다. 시원한 얼음을 갈아 망고라는 과일과 섞은 빙수는 정말 맛있었다.

"타히르, 요즘 무슨 고민이 있니?"

타히르는 잠시 망설이다 말했다.

"그때 그랬어요. 죽을지도 모르고 유리에 돌진하다 죽는 새, 그 새가 죽은 우리 형 같기도 하고 난민이 된 우리 같기도 했어요."

그 말을 하는 동안 타히르의 눈에 눈물이 그렁그렁 차올랐다.

"그런데 자꾸 바보라고 하니까. 으, 참기 힘들었어요."

우주드는 말없이 타히르에게 휴지를 건넸다. 커다란 타히르 등이 흐느끼고 있었다.

타히르는 아민의 멱살을 잡았던 일, 그 장면이 찍힌 영상을 아이들이 공유하고 있는 일, 영상이 점점 변형돼서 결국 자기가 엄청 나쁜 폭군처럼 되어 버린 일까지 천천히 털어놓았다.

그리고 이상하게도 요즘 자꾸 잠이 드는 건지, 의식을 잃는 건지 모르겠는데, 그때마다 자기가 길가메시가 된 것 같다고 말했다. 타히르가 하는 말은 두서없었지만, 우주드는 대충 어떤 상황인지 짐작할 수 있었다.

"음, 타히르. 별거 아니라고 말해주고 싶지만 좀 걱정돼. 어쩌면 엄청 안 좋은 일이 될 수도 있을 거 같아. 너를 폭력적인 아이로 표현한 영상이라면 더더욱……. 한국에서 너는 덩치 큰 외국인 아이고, 그것만으로도 강해 보이거든. 그리고 의식을 잃는 것도 병원에 가봐야 할 거 같아. 전쟁 난민 아이들은 외상 후 스트레스 장애라는 게 심하거든."

타히르의 눈빛이 흔들렸다.

“조심하고, 절대 또 그런 일이 생기면 안 돼. 너희 가족 아직 난민 심사 중이잖아. 그리고 병원은 난센에서 의료지원을 하고 있거든. 혹시 그게 외상 후 스트레스 장애라면 심리 지원도 될 거야.”

타히르는 우주드가 하는 말들이 어려웠다. 다만 전쟁 난민 아이들이 힘들다는 이야기 같아서 울컥했다. 우주드는 난센 쪽에 잘 이야기해 보겠다고 했다.

그리고 단톡방 일은 글을 써 보라고 했다. 특히 그때의 마음을 쓰라고 했다. 한국어로 쓰면 좋지만, 한국어가 어렵다면 익숙한 아랍어로 써도 좋다고 했다.

타히르는 조금 막막했다. 우주드는 내친김에 당장 쓰자고 했다.

“혼자 쓰는 것보다 지금 함께 쓰는 게 나을 거 같다.”

둘은 다시 난민인권센터로 돌아왔다.

“자, 쓰면서 말하는 거야. 네 생각을 적어. 그게 네 방패가 될 수 있어.”

타히르는 글이 방패가 된다는 말을 선뜻 믿기 어려웠다. 그래도 그때의 마음을 적어보기로 했다.

– 나는 폭군 아니다. 나는…… 그냥 새다. 떠나는 새, 떠나야 하는 새.

글자를 다 쓰고 나자, 눈두덩이 뜨거워졌다. 우주드는 아무 말도 하지 않고 타히르의 손등을 가볍게 두드려주었다.

타히르는 처음으로 자기가 가진 억울함을 말이 아니라 글로도 할 수 있다는 걸 깨달았다. 글에는 한글과 아랍어가 섞여 있었지만, 우주드는 자기도 있고 통역가도 있으니 괜찮다고 했다.

타히르는 우주드와 헤어지며 아민에게 다시 한번 사과해야겠다고 다짐했다.

다음 날, 학교 교문을 들어서는데 아이들이 하나같이 타히르를 피하는 것처럼 느껴졌다. 예전처럼 신기해서 쳐다보던 눈빛과는 달랐다.

'뭐지?'

교실로 가는 내내 상황은 똑같았다. 그런데 교실 안에 들어서자, 오히려 분위기가 평범했다. 아이들 몇몇이 아민의 책상 근처에 모여 있었다.

타히르는 성큼성큼 아민에게 다가갔다. 아민 주변에 있던 아이들이 타히르를 올려다보았다.

"아민."

아민이 앉은 자리에서 고개를 들며 타히르를 쳐다봤다. 아민의 갈색 곱슬머리가 살짝 뒤로 젖혀졌다.

"아민, 지난 일은 미안해. 그때 내 마음 안 좋았어."

"뭐? 네 마음이 안 좋으면 그래도 되는 거야?"

타히르는 자꾸만 일이 꼬이는 느낌이 들었다.

"이미 늦었어, 타히르. 영상이 너무 퍼졌어. 이제 우리가 영상을 지운다고 없어지지 않아."

타히르는 그 말이 정확히 무슨 뜻인지 잘 이해하지 못했다.

담임선생님은 세아를 불렀다.

"정세아, 너 알고 있었지?"

"네."

"그런데 왜 말 안 했니? 내가 그때 물어봤잖아?"

세아는 이 일이 이렇게까지 커질 거라고는 예상하지 못했다. 다만, 분명 위험한 일이니 멈춰야 한다고만 생각했을 뿐이다. 담임선생님은 몹시 난처해 보였다.

학교는 결국 학폭위를 열었다. 폭력적인 이라크 아이가 학교에 있는 건 불안하다며, 몇몇 학부모가 교육부에 영상과 함께 민원을 넣었다고 했다.

학교 회의실에는 길게 늘어선 책상을 중심으로 교사들, 학부모 대표, 학생 대표가 둘러앉아 있었다.

타히르 옆에는 아빠와 NGO 활동가가 통역을 겸해 앉아 있었다. 아빠의 얼굴은 조각상처럼 굳어 있었고, 손은 연신 무릎을 움켜쥐고 있었다.

"자, 회의를 시작하겠습니다."

교감 선생님 목소리가 무겁게 울렸다.

"오늘 안건은 체험학습 중 발생한 신체적 폭력입니다. 아시는 분도 있겠지만 피해 학생은 아민, 가해 학생은 타히르입니다.”

피해와 가해라는 말이 나오자 회의실 공기는 단번에 얼어붙었다. 아민의 아빠와 타히르의 아빠가 참석한 모습은 마치 국제회의 같기도 했다.

“영상은 다 보셨을 겁니다.”

교무주임인 국어 선생님이 말을 꺼냈다.

“멱살을 강하게 움켜쥔 장면, 그 자체로 일촉즉발이죠.”

“의도적이었는지 아닌지는 좀 더 알아봐야 해요.”

담임선생님이 말을 덧붙였다.

“아니, 언제까지 알아보나요?”

다른 선생님이 담임선생님에게 말했다.

“이 일로 다른 학생들과 학부모들이 불안감을 느낀 건 사실입니다. 이에 따라 학교는 이 일을 간과할 수 없게 되었습니다.”

“또 이 일을 찍은 영상이 단톡방에서 돌아다니는 것도 문제입니다. 우리 학교를 어떻게 보겠어요? 이 일이 이렇게 되도록 담임선생님은 어떻게 아무 조치도 안 하신 거죠?”

문제가 일어난 반의 학생 대표인 세아가 증인으로 참석했다. 세아는 조심스럽게 손을 들었다.

“저는…… 그날 옆에서 봤습니다. 물론 타히르가 먼저 손을 쓴 건 맞아요. 하지만 아민이 ‘죽은 새’를 바보라고 했을 때,

타히르가 격분한 거예요. 문화 차이에서 비롯된……."

어른들은 웅성거렸다.

"그럼 폭력이 정당화됩니까? 심한 욕도 아니고 바보라고 했다고, 심지어 본인한테 한 말도 아니고 새한테 한 말에 폭력을 쓴다고요?"

교감 선생님의 말은 나름대로 설득력이 있어 보였다. 타히르 쪽 통역을 맡은 NGO 난센 직원도 난처한 표정으로 한숨을 내쉬었다.

세아는 뭐라고 설명할 수 없는 이 상황이 답답했다.

타히르의 아빠가 굳은 목소리로 통역에게 속삭였다.

"우리 아들 타히르는 싸움꾼이 아니다. 그럴 애가 아니다. 난민으로 여기 오기까지 어떤 길을 거쳐 왔는지 모르는 사람들이, 겨우 멱살 한 번 잡았다고 이렇게 심판할 이유는 없어."

통역은 단어를 가려가며 최대한 부드럽게 전달했지만, 회의실 분위기는 싸늘했다.

그때 수호가 용기를 내 손을 들었다.

"저도 봤습니다. 솔직히…… 영상만 보면 폭력적으로 보이지만, 실제론 한순간이었어요. 길게 끌거나, 폭행한 게 아니었어요. 애들이 편집한 겁니다."

하지만 몇몇 교사는 고개를 저었다.

"그렇다고 해도 폭력은 폭력입니다. 더구나 난민이라는 특수한 상황까지 고려해야……."

“맞아요. 학교 질서를 위해서라도 엄정하게 대응해야 합니다.”

타히르는 무슨 말을 해야 할지 몰랐다. 한국어가 귀에 들어오지 않았다. 다만 ‘폭력’ ‘가해자’ 같은 단어만이 드문드문 들려왔다. 회의는 길게 이어졌고, 결론은 ‘타히르, 5일간 등교 중지’였다. 아빠는 고개를 떨군 채 아무 말도 하지 않았다.

회의가 끝나고 타히르와 가족들은 NGO 활동가와 함께 집으로 돌아갔다.

NGO 활동가는 담담한 목소리로 말했다.

“타히르, 이번 건은 난민 심사에도 보고가 들어가. 문제가 반복되면 난민 심사에서도 불인정 되고, 한국 체류 자체가 어려워져.”

타히르는 자기가 잘못했다는 사실은 알고 있었다. 하지만 그 잘못 하나가 삶 전체를 무너뜨릴 만큼 큰 죄가 되는지 물었다.

“타히르, 네가 어떤 상황과 마음에서 그런 행동을 했는지 나는 이해해. 억울할 수도 있어. 하지만 모두가 같은 마음이라고 해도 너처럼 바로 누군가의 멱살을 잡지는 않아. 잘못을 인정하고 다시는 그런 일이 없을 거라고 말해야 해. 자기가 지은 죄가 죄가 맞는지, 그것도 죄가 되는지, 따지는 식은 곤란해.”

NGO 활동가의 말을 듣고 타히르는 입을 다물었다.

"아버님, 설령 이번 일로 난민 심사가 불인정 되더라도 우리에게는 타히르를 도와줄 NGO 변호사가 있어요. 2주 안에 다시 신청하면 됩니다. 난민 신청을 해 놓은 상태라서, 한국은 강제 추방하지는 않아요."

하지만 그런 말로는 타히르 가족의 마음을 안심시킬 수 없었다. 타히르의 아빠는 눈에 띄게 불안해 보였다.

엄마가 작은 목소리로 중얼거리듯 말했다.

"라나가 우릴 찾기 힘들어지면 안 되는데……."

엄마는 평소에도 늘 말했다.

"우리가 정착해야 라나도 찾아올 거다."

타히르는 자기 때문에 누나가 결국 가족을 찾지 못하게 될지도 모른다는 생각에 미칠 것만 같았다. 학교를 안 다녀도 상관없으니, 한국에 머물게만 해달라고 사정하고 싶었다.

타히르는 이라크 우루크의 왕이었던 길가메시를 떠올렸다. 폭군이자 사람들을 짓눌렀던 왕, 자꾸 자기 모습처럼 나타나던 그 길가메시가 다시 머릿속에 떠올랐다.

'나는…… 정말 그 폭군이었나?'

타히르의 싸움은 단순히 학교 안에서의 싸움이 아니었다. 나라의 경계와 난민 심사까지, 쉬운 게 없었다. 아빠는 얼굴이 굳은 채 NGO 활동가와 대화를 나눴다.

타히르는 책상에 앉아 노트북을 열었다. 검색창에 '학폭'이라고 쳐 보았다. 한국에서 쓰는 노트북이라 한글과 영어 외의 글자는 키보드로 치기가 힘들었다.

타히르는 자기가 친 글자인데도 손끝이 떨리는 걸 느꼈다.

화면에는 무서운 말들이 보였다.

어느새 자신이 엄청난 폭군이 되어 있는 것만 같아 놀랍기만 했다.

학교에서는 회의 이후로 타히르를 향한 낯선 눈빛이 가득했다.

"쟤, 전학 갈지도 몰라."

"역시, 난민이라더니 문제를 일으키네."

"강제 추방해야 하는 거 아니야?"

낙인은 처음부터 찍혀 있었던 것 같았다. 타히르는 천천히 걸음을 옮겼고, 그 뒤를 세아가 따라왔다.

"괜찮아?"

타히르는 대답 대신 땅만 바라본 채 걸음을 옮겼다.

3장

7. 21세기 훔바바

학폭위 시간은 길지 않았다. 하지만 타히르는 스스로 자기 입장을 제대로 설명할 수 없는 상황이 너무 답답했다. 자꾸 억울한 마음도 들었다. 무거웠던 회의실의 공기, 부모들의 얼굴, 교사들의 말들. '폭군' '위험' '불안' 같은 단어는 어떤 한국말보다 타히르의 귀에 쏙쏙 들렸다. 학교 측에서는 회의 결과를 다시 통보한다고 했다.

결정이 바로 나지 않아서 더 불안했다. 기다림은 오래가지 않았고, 며칠 뒤 통보가 왔다. 5일 등교 정지였다. 한국에서는 중학교까지 무상 의무교육이라, 이런 등교 정지 처분이 엄청난 거라고 했다.

하지만 타히르 가족에게 더 무서운 건, 혹시 이번 일이 난민 심사 과정에까지 영향을 미칠지도 모른다는 거였다. 등교 정지 통보를 받은 이후 타히르 아빠 얼굴에서는 웃음이 사라졌다.

타히르는 등교 정지 첫날부터 방 안에서 꼼짝도 하지 않았다. 그나마 노트북이 있어서 다행이었다. 인터넷 검색창에 단어 하나를 천천히 입력했다. 키보드의 글자 하나하나를 눈으로 확인해 가며 누르느라 더 시간이 걸렸다.

그 뒤로는 이라크 상황을 보여주는 유튜브 영상을 뚫어져라 바라보았다. 혹시 그 화면 어딘가에 라나 누나가 스쳐 지나갈지도 모른다고 생각해서였다. 그러다 타히르는 요즘 머릿속을 떠나지 않는 단어를 검색창에 다시 쳐 보았다.

다음 날 아침, 아빠는 식탁에 앉아 말없이 빵을 뜯었고, 엄마는 타히르의 눈을 애써 피했다. 타히르는 입술을 꽉 깨물고 물었다.

"아빠, 만약 내가 등교 정지당한 게 알려지면 우리 난민 심사도 힘들어져?"

아빠는 대답하지 않았고, 손을 들어 올리며 조용히 고개를 저었다. 그건 아니라는 부정이 아니라, 말하고 싶지 않다는 신호였다. 난민의 자격은 언제든 흔들릴 수 있는 것이었다. 타히르는 '우리가 안전한 적이 한 번이라도 있기나 했나'라는 생각이 들었다.

그날 오후, NGO 대표와 통역사가 집으로 찾아왔다. 우주드는 함께 오지 못했고, 대신 변호사가 동행했다.

"타히르 학교에서 있었던 일은 난민 심사에 영향을 줄 수 있습니다. 아직 결정된 건 아니지만, 부정적인 기록으로 남을 수 있어요. 폭력 영상이 퍼져 나갔고, 실제로 폭력을 쓰지 않았다고 해도 멱살까지 잡은 이상 그 여파가 크네요.”

타히르는 손을 무릎에 얹은 채 그대로 앉아 있었다. 변호사
는 서류를 펼쳐 보이며 덧붙였다.

“재심에 대비해서 증언 자료와 진술서를 준비하는 게 좋겠
습니다. 그 영상이 과장 편집된 것이라는 점, 그리고 타히르
가 스스로 방어할 권리가 있다는 걸 분명히 보여줘야 합
니다.”

타히르는 숨을 깊게 들이마셨다. 머릿속에는 아이들이 키득
거리던 단톡방 장면이 스쳐 지나갔다.

‘폭군 강림’이라는 자막과 짐승처럼 편집된 타히르의 얼굴.
NGO 통역사가 타히르에게 말했다.

“네 마음을 써 봐. 한국어든, 아랍어든, 어떤 언어라도 좋아.
글은 증거가 될 수 있어.”

타히르는 펜을 꽉 움켜쥐었다.

– 나는 폭군 아니다. 나는…… 그냥 새, 날고 싶다. 다치지
않고, 방해받지 않고, 안전하게, 불안하지 않게 둥지로 날아가
고 싶다.

변호사는 그 글을 받아 들고 잠시 묵묵히 바라봤다.

“타히르? 너 시인 같은걸! 아버님 타히르가 글을 엄청 잘 쓰
네요.”

하지만 이 시점에서 들은 칭찬은 타히르의 마음에 와닿지
않았다.

학교에 갈 수 없는 5일 동안의 시간은 유난히 느리게 흘렀다. 타히르는 방 안에서 컴퓨터를 붙잡은 채 지냈다. 다행히 인터넷만은 지치지 않고, 끝없이 펼쳐졌다.

‘길가메시.’

미국이 걸프전과 이라크전 당시 자기네 나라로 가져갔던 이라크 유물 1만 7천여 점을 다시 이라크에 돌려줬다는 기사가 눈에 들어왔다. 예전 기사였다. 그중에는 세계에서 가장 오래된 서사시 가운데 하나로 꼽히는 《길가메시 서사시》의 일부가 적힌 점토판, ‘길가메시의 꿈’도 포함되어 있다고 했다.

타히르는 사진과 영상을 번갈아 보며 무심하게 손가락만 까닥거렸다. 전쟁 속에서 약탈당했던 유물들은 미국, 이탈리아에서 반환받았다고 한다.

‘우리도 나중에 이라크로 돌아갈 수 있을까?’

타히르는 한숨을 쉬었다. 그러다 문득, 아민 가족은 애초에 돌아갈 수 없어서 이곳에서 아민을 낳고 계속 여기서 살고 있었던 걸까, 라는 생각이 스쳤다.

어느 기사에는 2015년, 이라크에서 사라진 점토판 조각에 대한 이야기도 있었다. 전쟁 통에 76점이 사라졌고, 유럽을 거쳐 동아시아로 넘어왔다는 것이다. 사진 속 조각들은 군데군데 깨져 있었지만, 타히르는 이상하게도 눈을 뗄 수 없었다. 박물관에서 본 문양과 닮아 있었던 것이다. 그리고……
자신이 손으로 새겼던 그것과도.

　타히르는 사라진 점토판 조각 이야기가 실린 부분에서 사
진을 한참 바라보았다. 크게 확대도 해 보았다. 이상했다. 분
명 사진에 불과한데 마치 영상처럼 그 점토판 위에 글을 새기
는 자기 손이 보였다. 그 손은 지금 자신의 손이 아니라, 훨씬
크고 잔털이 많으며, 힘줄이 솟은 나이 든 손이었다.

　눈을 감고 고개를 흔들어 보기도 하고, 두 손으로 눈을 비벼
보기도 했다. 그런데도 여전히 사진 속 조각의 선들이 낯설지
않았다. 점토판 위에 새겨진 선들의 깊이와 결에는 어딘가 익
숙한 기억이 스며있었다. 타히르는 모니터를 바라보다가 천
천히 손바닥을 뒤집었다. 손에는 아무것도 없었지만, 저릿한
감각이 남아 있었다.

　분노가 일었다. 저건 이미 떠나온 나라에서 벌어진 일이었
다. 전쟁 속에서 이름도 없이 사라져 가는 사람들과 함께 그
들의 기록까지 빼앗기는 기분이었다. 기록마저 지워진다면,
정말로 아무도 살아남지 못하는 것이다. 타히르는 이라크를
떠나던 순간부터 어렴풋이 그 사실을 알고 있었다. 그리고 지
금, 모니터 속 점토 조각이 다시 한번 자기를 그곳으로 불러
내고 있는 듯했다.

　등교 정지 기간이 끝나고 타히르는 학교에 갔다. 사실은 학

교에 가고 싶지 않았다. 교실 책상에 앉아 있어 봐야 말을 알아들을 수도 없는, 시간이 흐르기만 바라는 처지였다.

교실 문을 열고 들어서자 아이들은 갑자기 조용해졌다. 수업은 겉보기엔 평소처럼 이어지고 있었지만, 교실의 공기만큼은 달랐다. 아이들의 시선은 여전히 타히르를 향해 있었고, 수군거림은 줄어들지 않았다.

타히르는 일부러 아무 말도 하지 않았다. 대신 역사 선생님을 찾아갔다. 연구실은 책과 서류로 가득했고, 창밖으로는 겨울 햇살이 엿보듯 여리게 비쳤다.

잠시 망설이던 타히르는 기사 하나를 내밀었다.

"선생님, 이거 아세요?"

선생님은 한동안 기사를 읽더니 고개를 끄덕였다.

"이라크 유물 밀반출, 유명한 사건이지. 전쟁터에선 늘 그런 일이 생겨. 약탈, 밀거래, 불법 경매……. 점토판은 특히 귀해서 더 많이 사라졌지."

타히르는 주먹을 쥐었다.

"그럼, 누가 찾아요? 다시 가져올 수 있어요?"

선생님은 안경을 고쳐 쓰며 답했다.

"국가 간 협약도 있고, 유네스코나 민간 NGO 단체들이 노력하고 있어. 하지만 현실은 쉽지 않지. 아직 돌아오지 못한 것도 많을걸. 우리나라에도 아직 못 돌아온 문화재가 있거든."

타히르는 분노와 무력감이 한꺼번에 치밀어 올랐다. 선생님은 책상 서랍에서 명함 하나를 꺼내 건넸다.

'문화유산연대'

그 옆에는 작은 문구가 있었다. '잊힌 이름이 다시 살아날 때, 기억은 미래가 된다.' 타히르는 그 글자를 천천히 읽어 내려갔다.

'옛 기억이 어떻게 미래가 될까?'

타히르는 이해할 수 없었다.

교실로 돌아오는데 아이들의 웃음소리가 다시 들렸다. 누군가는 또 영상을 돌려보고 있었을 것이다. 그래도 타히르는 고개를 들었다.

창밖 은행나무잎은 연한 연둣빛에서 짙은 녹색으로 변해 무겁게 늘어져 있었다. 운동장 모래는 햇빛에 말라 반짝였고, 아이들이 달릴 때마다 먼지가 일어났다. 교문 옆 화단의 철쭉은 이미 색을 잃었고, 대신 장미 넝쿨이 벽을 타며 붉은 꽃을 터뜨리고 있었다.

창문 틈으로 들어오는 바람은 눅눅했다. 이라크의 더위는 훨씬 뜨거웠지만 공기가 건조해서 땀이 금세 말랐다. 그래서 땀이 잘 나지도 않았다. 그런데 한국의 더위는 달랐다. 땀을 붙잡아두고, 숨을 막았다.

그 무렵, 집으로 등기 우편 한 통이 도착했다. 봉투는 흰색이었고, 왼쪽 상단엔 '법무부 출입국·외국인청'이라는 글자가 도장처럼 찍혀 있었다.

얇은 봉투였지만 묵직했다. 아빠가 봉투를 집어 들었을 때 손등의 힘줄이 도드라졌다. 그는 한참 동안 봉투를 뜯지 못했다. 옆에서 엄마는 두 손을 비볐다. 타히르는 그 장면만 보고도, 봉투 안에 든 내용이 좋지 않을 거로 짐작했다.

연락을 받았는지 NGO 활동가와 통역가가 집으로 찾아왔다. 등기 우편 봉투에서 꺼낸 종이 세 장이 식탁 위에 펼쳐졌다. 통역가가 첫 장을 집어 들고 읽기 시작했다. 목소리에는 아무런 감정도 묻어나지 않았다.

"귀하의 난민 인정 신청에 대하여 심사한 결과 난민으로 인정하지 아니함."

통역가는 잠시 숨을 고른 뒤, 다시 이어서 읽었다.

"제출된 자료와 진술만으로는 난민협약 제1조에 따른 박해 사유를 인정하기 어려움. 국내 체류 중 발생한 학교 내 폭력 사건에 연루된 사실이 확인됨. 이는 대한민국 사회 적응 가능성에 부정적 요소로 판단됨."

"따라서 본 신청은 불인정함."

타히르의 엄마는 두 손을 무릎 위에 모았고, 아빠는 한참 동안 한 곳만 응시했다. 타히르는 몇 개의 단어만 붙잡고 있었다.

불인정, 폭력, 사회 적응 부적합.

탁자 위 시계 초침 소리가 유난히 크게 들렸다. 숨 쉬는 소리마저 들킬까 봐 두려웠다. 아빠가 고개를 들었다.

"상상도 못 했구나. 네가 우리를 위험에 빠뜨릴 줄은……."

타히르의 눈에서 굵은 눈물이 뚝 떨어졌다.

엄마는 말없이 주방으로 갔다. 서랍에서 쌀과 렌틸콩을 꺼내고 토마토와 양파를 볶았다. 집 안에는 달그락거리는 그릇 소리와 칼질 소리만 남았다. 한국에서 구할 수 있는 재료들로 흉내 낸 이라크 음식, 마클루바 대신 밥 위에 볶은 채소를 얹은 한 그릇이 식탁에 놓였다.

며칠 후, 담임선생님은 타히르를 교무실로 불렀다. 선생님 옆에는 NGO 활동가와 통역가가 함께 앉아 있었다. 선생님은 타히르의 생활 기록을 보여주며 말했다.

"재심 청구용 진술서를 준비해야 합니다. 학교에서 필요한 부분은 제가 작성하겠습니다. 수업 태도, 과제, 대인관계. 영상 건은 과장 편집된 사실로 기록하겠습니다."

타히르는 고개만 끄덕였다. 그때, 복도 끝에서 수호가 출석부를 들고 오다 걸음을 멈췄다. 열린 문 사이로 흘러나온 단어 몇 개가 수호의 귀에 들렸다.

불인정, 폭력 사건.

수호는 그길로 곧장 아이들에게 이야기를 옮겼다.

소문은 빠르게 퍼졌다. '쫓겨난대?' '재심 청구' 이런 말들은 당사자인 타히르가 아니어도 모두에게 불안하게 들렸다.

누군가는 단톡방에서 영상을 지웠고, 몇몇 아이는 빠르게 채팅방을 나갔다.

세아는 화가 났다. 수호의 얼굴에는 이미 후회의 기색이 역력했다. 아민은 말없이 창가에 앉아 있었다. 책상 위에는 교과서가 펼쳐져 있었지만, 눈동자는 글자를 따라가지 못하고 허공만 맴돌았다.

'나는 한국에서 태어났지만, 여전히 한국 사람이 아니라고, 다르다고 취급받는다. 그리고 저 아이는 머물 데가 없이 떠돈다.'

아민은 자신을 엔키두라 부르며 울면서 깨어나던 타히르의 모습을 떠올렸다. 마음 한구석이 저릿저릿했다.

다시 밤이 찾아왔다. 타히르는 창문을 열고 눅눅한 공기를 들이마셨다. 그리고 컴퓨터 앞에 앉았다. 검색창에 한 글자씩 천천히 단어를 쳤다.

길가메시, 설형문자, 사라진 점토판.

기사 속 사진이 눈길을 끌었다. 깨진 조각, 낯익은 선. 손바닥이 다시 저릿했다. 난민 인정을 받지 못한 처지인데도, 계속 쓸데없는 생각들만 떠다니는 것 같았다.

'내가 정말 길가메시라면, 이 모든 일을 해결할 수 있을까?'

불인정, 교실의 낙인, 서류의 판결.

타히르는 눈을 감았다. 그리고 속으로 되뇌었다.

‘나는 폭군이 아니다.’

그날 저녁, 세아는 책상 서랍에서 노트를 꺼냈다. 그 안에는 타히르가 무심코 그린 기호와 말들을 옆에서 받아 적어 둔 흔적들이 있었다.

세아는 말은 금방 잊혀도, 기록은 남는다는 걸 알고 있었다.

창문을 열어도 바람이 들어오지 않았다. 교실은 더웠고, 눅눅한 공기가 책상 위에 달라붙었다. 타히르는 뒷자리에서 손가락 끝으로 노트 귀퉁이만을 눌렀다. 수업은 이어졌지만, 시선은 칠판에 머물지 않았다.

소문은 이미 학교 전체에 퍼져 있었다.

"타히르, 난민 인정 안 됐대."

"학교에서 문제 생긴 것 때문인가 봐."

세아는 점심시간마다 조용히 타히르 앞에 앉았다. 때로는 타히르가 무심코 그려 둔 문양을 따라 그리며, 작은 목소리로 말했다.

"타히르, 우린 같은 반 친구야!"

타히르는 대꾸하지 않았지만, 그 말은 마음 한쪽에서 오래도록 울렸다.

며칠 뒤, NGO 활동가에게서 연락이 왔다.

"박물관 특별전, 다시 확인하러 가는데 네 도움이 필요할 것 같아."

타히르는 잠시 망설였다. 지금 이 나라에서 쫓겨날 위기가 찾아왔는데 누굴 돕는다는 건지 싶었다. 그런데도 결국, 가겠다고 답했다.

박물관은 평소보다 조용했다. 전시실 안에는 희미한 조명만 켜져 있었고, 유리 진열장 속에는 고대의 시간이 봉인된 듯 침묵이 깔려 있었다. 타히르는 NGO 활동가와 나란히 걸음을 옮겼다.

타히르가 노트에 반복해서 그려온 설형문자 문양, 이름도 없이 계속 새겨 넣던 그 기호들.

학예사는 점토판 조각이 놓인 진열장 앞으로 타히르를 안내했다. 안에는 부서진 점토판 조각이 놓여 있었다. 깊게 파인 기호와 갈라진 모서리는 흙먼지가 닦이지 않은 듯 거칠었다.

타히르는 그 자리에 멈춰 서서 숨을 들이마셨다. 손끝이 먼저 반응했다. 가방에서 노트를 꺼내 건넸다. NGO 활동가가 조용히 말했다.

"이 친구, 이 문양을 계속 그려왔습니다. 단순히 따라한 게 아니라 배열이 거의 정확해요."

학예사는 눈썹을 찌푸렸다. NGO 활동가가 나섰다.

"이건 우연이 아닙니다. 기호 간격, 배열, 리듬까지 일치합니다."

타히르는 유리 진열장에 손끝을 댔다. 학예사는 여전히 신중한 얼굴을 하고 있었다.

"기억은 착각을 동반합니다. 특히 고대 기호는 익숙한 패턴처럼 보일 수 있어요."

타히르는 고개를 들었다. 이라크 사람에게 이런 무늬는 익숙하다.

학예사가 물었다.

"이 조각을 전에 본 때나 장소가 기억나나요?"

타히르는 천천히 기억을 더듬었다.

정확하게 언제인지는 기억나지 않지만 아주 어릴 때였다. 바그다드 남쪽, 전쟁으로 폐허가 된 거리에 시멘트벽과 천막 지붕으로 겨우 버티고 있는 임시 박물관이 있었다. 군사 작전 지역과 가까워 그 주변의 경계는 허술했다.

아빠는 몸을 피하려고 어린 타히르의 손을 꼭 쥔 채 그 안으로 들어갔다. 유리 진열장 안에는 낡은 점토판 조각들이 놓여 있었다. 잠깐이었지만, 타히르의 눈에는 마치 돋보기를 댄 것처럼 크게 보였다.

그 순간 총성이 울렸다. 사람들이 바닥에 엎드렸고, 곧 무장한 사내들이 들이닥쳐 망치로 진열장을 깨뜨리기 시작했다.

"타히르, 이쪽으로 와."

아빠가 타히르의 머리를 감싸며 벽 뒤로 몸을 숨겼다. 그러나 벽 틈으로 본 장면은 선명했다.

아빠가 속삭였다.

"타히르, 고개 숙여."

어린 타히르는 이해할 수 없었다.

'막아야 하지 않을까? 저 사람들이 우리의 소중한 것들을 깨고 부수는데?'

오랫동안 아무 말도 하지 않던 아빠가 타히르를 쳐다보지도 않고 말했다.

"타히르, 살아야 기억도 하고 지킬 수 있다."

아빠도 저것들을 지키고 싶어 한다는 게 마음 깊은 곳까지 전해졌다. 타히르의 눈에 눈물이 고였다.

NGO 활동가는 2008년 우루크 지역에서 복원된 점토판의 복사본을 보여주었다.

"이 조각은 공식 《길가메시 서사시》에는 없는 문장입니다. 끝에 반복되는 기호가 있습니다."

짧은 수평선 셋, 꺾인 선 하나, 그리고 원 모양의 음각. 기록자의 봉인이라 불리는 상징이었다.

타히르는 공책을 펼쳤다. 이미 수십 번 반복해 그려온 기호가 그 안에 빼곡했다.

"…… 계속 떠올랐어요. 왜 그리는지도 모르고, 그냥 손이 따라갔어요."

NGO 활동가는 고개를 끄덕였다.

“수메르 문서에서 단 한 번 등장하는 이름이 있습니다. 기록자, 서사에 손을 댄 서기관.”

세아의 얼굴이 스쳐 갔다. 점심시간마다 타히르가 그린 문양을 따라 적던 손, “너만 기억하면 안 돼!”라고 말하던 목소리. 타히르는 속으로 중얼거렸다.

“나는 길가메시고, 그는 엔키두였다. 그리고 누군가는……서기관인 에아부.”

타히르는 혹시 세아가 에아부일까, 라고 생각했다. 그리고 한동안 에아부와 세아의 이름을 몇 번이고 되뇌었다.

학예사도 활동가도 타히르를 그다지 특별하게 여기지 않았다.

그날 밤, 세아는 꿈을 꾸었다. 어둠 속에 불빛 하나가 있고, 긴 복도 양옆으로 닫힌 방들이 줄지어 있었다.

방 안에서 누군가가 무엇을 쓰고 있는지, 닫힌 문 너머로 긁는 소리가 새어 나왔다. 세아는 문을 열지 못한 채, 복도를 따라 걸어가 마지막 방 앞에 섰다. 문에는 타히르가 늘 그리던 바로 그 문양이 새겨 있었다.

다음 날, 세아는 그 꿈 이야기를 타히르에게 털어놓았다.

“꿈이었는데, 이상하게 낯설지가 않았어.”

타히르는 고개를 끄덕였다.

“기억은 머릿속에만 남는 게 아니래. 몸이 먼저 반응해. 냄새, 소리, 습도 같은……."

　세아는 그 말을 오래 곱씹었다. '몸이 먼저 반응하는 기억'
그것은 타히르만의 것이 아니었다.

8. 불어나는 오해

　도서관 책장 뒤쪽, 눈에 잘 띄지 않는 곳에 점토 조각이 담긴 상자가 하나 있었다. 지난번 미술 시간에 만든 건데 마땅히 둘 곳을 찾지 못해 세아가 임시로 그곳에 그대로 두었다.

　어느 날, 외부 강사가 학교에 자료 조사를 하러 왔다. 도서부 학생과 함께 책장을 살피던 그는 우연히 그 상자를 발견하고, 무심코 상자의 뚜껑을 열어 보았다.

　안에는 이미 굳은 흙 조각들이 있었다. 강사는 의아한 듯 손끝으로 표면을 쓸어내렸다. 손가락에 흙먼지가 묻어나왔다. 조각 위에 찍힌 문양은 얼핏 보면 단순한 낙서 같기도 했다.

　호기심을 이기지 못한 그는 휴대전화를 꺼내 여러 각도에서 사진을 찍었다. 도서부 학생은 옆에서 잠시 망설이다가 그냥 지켜보았다. 촬영된 사진은 금세 전송되었고, 몇 시간 뒤 강사의 개인 SNS에 올라갔다.

　- 중학교 도서실에서 발견된 고대 문양, 학생 작품.

사진은 생각보다 빠르게 퍼졌다. 지역 온라인 커뮤니티에도 퍼졌고, 몇몇 이용자는 댓글에 ‘위조 유물’이라는 말을 덧붙였다. 누군가는 ‘외국인 학생이 이상한 걸 만든다’라는 식의 글을 올렸다.

근거 없는 말들이 꼬리를 물고 퍼져나갔다. 그날 저녁, 교장선생님은 이미 그 글들을 전부 확인했고, 다음 날 아침에 담임선생님과 외부 강사를 호출했다. 그리고 책상을 두드리며 낮게 말했다.

“이런 게 인터넷에 올라오면 곤란합니다. 학교 이미지가 달린 문제예요. 장난이라도 외부에서 뭐라고 하면 대응하기 힘듭니다.”

담임선생님이 당황한 얼굴로 대답했다.

“아이들이 미술 시간에 만든 과제일 뿐인데요. 교장선생님, 크게 번질 일은 아닙니다.”

“요즘 세상에서는 뭐든 확대해석됩니다. 특히 난민 학생과 관련된 일이라면 더 예민하죠. 혹시라도 ‘불법 유물 위조’ 같은 말이 돌면 어떻게 하겠습니까?”

점심시간이 되었고, 타히르와 세아는 교무실에 불려 갔다. 점토 조각이 들어 있던 상자는 이미 비어 있었다. 담임선생님이 무거운 표정으로 물었다.

“이 조각들, 너희가 만든 거 맞지?”

세아가 먼저 고개를 끄덕였다.

“네. 저희가 만들었어요.”

타히르도 곧바로 말을 이었다.

“수업 시간에 만든 건데요.”

교장선생님이 세아와 타히르에게 다가와 물었다.

“이 기호들은 무슨 뜻이니?”

“그냥 상상해서 만든 거예요……. 저는 이라크에서 왔으니까요.”

교장선생님은 짧은 한숨을 내쉬며 서류철을 덮었다.

“앞으로는 이런 거 만들지 마라. 괜히 오해받을 일은 피해야 해. 진실이 중요한 게 아니야. 사람들이 그렇게 알면, 그렇게 되는 거야.”

담임선생님은 옆에서 미묘하게 굳은 얼굴을 하고 있었다. 타히르의 손끝이 무겁게 떨렸다.

그날 저녁, NGO 활동가에게서 전화가 왔다.

“그 조각 사진을 본 연구자가 있어요. 설형문자 배열 중 일부가 기존 기록과 달라서 흥미롭다고 합니다. 단순히 모방이라고 보기 어렵다는 의견도 있어요.”

아빠와 엄마는 걱정이 되는 듯했다.

“아니 또 무슨 일이니?”

타히르는 답답했다. 학교에서는 ‘위조품’이라고 의심받고, 바깥에서는 ‘새로운 가능성’으로 불릴 수 있다는 사실. 어디에 있든 자기가 늘 오해 한가운데 있다는 기분이 들었다.

학교에서는 아이들이 수군거렸다.

"위조품까지 만들었다잖아."

"잘 만들면 위조품이냐? 말도 안 돼."

"우리나라에서 추방당할지도 모른대."

"폭력에다가 위조품까지, 가지가지 하네."

타히르는 새삼 말이 칼이 되기도 한다는 걸 깨달았다. 아민은 창가에 앉아 책을 펼쳐 놓고 있었지만, 눈길은 자꾸만 타히르 쪽으로 향했다.

복도에서 누군가 일부러 들으라는 듯 크게 말했다.

"야, 우리 학교에 범죄자 있는 거 아니냐? 난민 위조꾼."

"닥쳐!"

아민이 벌떡 일어서며 소리쳤다. 아이들은 멈칫했고 웃음이 끊겼다. 아민은 더 이상 말을 잇지 못하고 교실 문을 박차고 나갔다. 그의 발소리가 복도를 울렸다. 순간, 교실 안이 술렁였다.

타히르는 온몸이 굳은 채 창밖으로 고개를 돌렸다. 햇살이 창을 뚫고 들어와 교실 바닥 위로 퍼지고 있었다.

진실이 중요한 게 아니라는 교장선생님의 말이 귀에 자꾸 맴돌았다. 어쩌면 괴물 훔바바는 그런 모습으로 세상에 다시 나타난 게 아닐까, 하는 생각이 들었다. 어쩔 수 없게, 무기력하게 만드는 힘으로……

며칠 뒤 텔레비전에서 한 교수가 나왔다. 길가메시 서사시, 이라크의 수메르 문명에 대해 소개하는 강의 프로그램이었다. 사회자가 질문을 했다.

"이라크에 온 난민 소년이 잃어버린 유물과 같은 걸 그렸다는데요. 그건 어떻게 생각하시나요?"

교수는 호탕하게 웃었다.

"이라크 소년이 그리면 모두 복제품인가요? 하하하."

그 프로그램이 방영된 이후 위조 이야기는 더 이상 나오지 않았다.

다음 날, 타히르는 학교 수업을 빠지고 난센에 갔다. 그곳에서 심리 상담을 받았다. 자기가 요즘 자꾸 꿈을 꾸는데, 그때 길가메시가 된다고 털어놓았다.

타히르는 이라크에 있을 때 단 한 번도 길가메시를 생각해 본 적이 없었다. 꿈을 꾼 적도 없고, 그를 동경한 적도 없다. 타히르에게 길가메시는 그저 이라크의 영웅이자 신화 속 인물일 뿐이었다.

난센 쪽 심리 상담사는 어린 나이에 난민이 되어 심리적 충격이 온 거고, 영웅과 같은 인물이 되어 상황을 해결하고픈 마음이 망상처럼 드러난 거라고 설명했다.

타히르의 상황은 NGO 내부에 보고되었고 심각한 사례로 받아들여졌다. 그들은 타히르를 걱정하는 듯하면서도, 동시

에 이 아이가 앞으로 일반적인 생활을 할 수 있을지를 평가하
는 듯했다. 타히르는 최대한 힘들지 않은 척하기로 했다.

타히르는 자신이 길가메시가 되는 꿈을 꾼 건 지난 일이고,
이제 그런 꿈은 꾸지 않는다고 말했다. 상황을 자세히 이야기
해 봐야 나아질 게 하나도 없다는 생각이 들었다. 무엇보다
자기를 이상한 사람으로 취급하는 거 같아 불편했다.

타히르는 어디에도 마음을 붙일 수 없었다. 부모님 곁에서
도, 학교에서도, 난센에서도 마찬가지였다. 한동안 무작정 길
을 걸었다. 발걸음은 앞으로 나아가는데, 정작 자신이 어디로
가고 있는지조차 알 수 없다는 생각뿐이었다.

세아가 아이들에게 제안했다.

"우리 국제앰네스티 한국지부 게시판에 글 올려 보자. 사람
들이 타히르 이야기를 알 수 있도록."

아이들은 노트북을 둘러싸고 앉았다. 화면에는 '가자 지구
어린이 긴급 연대'라는 제목의 글이 떠 있었다. 세아가 말
했다.

"여기에 우리도 남기자. 타히르 얘기를."

아이들은 하나씩 글을 적어 올렸다.

– 타히르는 위험하지 않아요.

– 그는 우리의 친구입니다.

– 추방하지 말아 주세요.

그때 수호가 말했다.
“국가인권위원회 게시판도 있대. 거기에도 글을 남기자.”
아무도 수호의 의견에 반대하지 않았다.
“맞아. 더 많이 알리는 게 필요해.”
“우리 이름은 안 밝혀도 되잖아.”
다시 휴대전화 화면에 불빛이 켜졌다. 국가 인권위 게시판에도 글이 하나둘 올라가기 시작했다.

– 난민 학생의 권리를 지켜주세요.
– 편집된 영상만으로 판단하지 말아 주세요.
– 학교는 함께 배우는 곳입니다.

글을 길게 쓴 아이들은 별로 없었지만, 짧은 문장도 뜻은 분명했다. 아이들은 서로 올린 글을 보여주며 작은 웃음을 나눴다. 서로의 글을 눌러 보며 조회수를 높이기도 했다.

매일 아침, 교문 앞은 잠깐씩 소란스러워졌다. 며칠 전 아이들이 피켓을 들고 섰다는 이야기가 학부모들 사이에 이미 퍼졌기 때문이다. 누군가는 대단하다며 지나갔고, 누군가는 얼굴을 찌푸리며 “괜히 눈에 띄게 하지 말라”고 중얼거렸다.

"난민은 위험하지 않다."

"타히르는 우리 친구다."

출근하는 교사들과 등교하는 학생들이 놀란 눈으로 피켓을 든 아이들을 바라봤다. 타히르는 교문을 지나며 그 장면을 보았다.

2교시 수업이 끝나자 교실 문이 벌컥 열렸다. 교장선생님이 들어왔다. 교장선생님은 칠판 앞으로 걸어가 분필을 집더니, 크게 적었다.

'책임'

아이들은 동시에 숨을 죽였다. 교장선생님은 분필을 내려놓고 천천히 말을 꺼냈다.

"너희가 한 행동, 다 안다. 피켓을 든 것도, 글을 올린 것도. 학교는 정치와 멀어야 한다. 하지만 책임이란 건 남이 대신 져주지 않는다. 자신이 옳다고 믿으면, 끝까지 버텨야 한다. 그래야 말이 힘을 가진다."

교장선생님의 목소리는 담담했지만, 묘하게 마음에 남았다. 꾸중처럼 들리기도 했고, 밀어주는 말 같기도 했다.

"인권 교육 자료다. 필요하면 봐라."

교장선생님은 그 이상은 말하지 않았다. 다만, 문을 나서며 단호하게 덧붙였다.

"지켜야 할 게 있으면 지켜라. 남이 지켜주길 바라지 말고."

문이 닫히고 나서야 아이들은 숨을 내쉬었다.

수호가 작게 말했다.

"…… 이거, 응원 아니야?"

세아는 교탁 앞으로 다가가 교장선생님이 준 책을 펼쳤다. 첫 장에는 굵은 글씨로 다음과 같이 적혀 있었다.

"인권은 멀리 있는 게 아니라, 곁에 있는 사람을 지키는 데 서 시작된다."

그 문장을 본 아이들은 서로 눈을 마주쳤다. 누구도 큰 소리 로 말하지 않았지만, 의미는 모두에게 전해졌다.

다음 날 아침에도 아이들은 교문 앞에 섰다. 흰 도화지에 굵 은 매직으로 쓴 글씨들이 바람에 흔들리고 있었다.

"난민은 위험하지 않다."

"타히르는 우리 친구다."

등굣길에 아이들이 멈춰 서서 피켓을 바라봤다. 어떤 아이 는 사진을 찍었고, 어떤 아이는 고개를 끄덕였다. 교사들도 놀란 듯 걸음을 늦췄지만, 피켓을 든 아이들은 물러서지 않았 다. 서툰 글씨였지만 그 문장들은 교문 앞 공기를 바꾸고 있 었다.

저녁 무렵, NGO 활동가가 우주드와 함께 학교 앞으로 왔다.

"너희가 올린 글이 한국지부 게시판에도 퍼지고 있어. 외부 변호사도 관심을 보였어. 재심 신청 과정에 도움을 줄 수 있을 거라네.”

아이들은 눈을 크게 떴다.

“그럼, 타히르가 다시 심사받을 수 있다는 거예요?”

우주드는 고개를 끄덕였다.

“시간이 걸리겠지만 가능성은 있어. 하지만 조건이 까다로워. 학교생활 태도, 주변 사람들의 증언, 여러 기록이 다 반영될 거야.”

말의 내용은 현실적이었지만, 아이들에겐 작은 빛처럼 들렸다.

그날 밤, 세아는 다시 인터넷 창을 열었다. 국제앰네스티 홈페이지에는 가자 지구 아이들을 돕자는 캠페인 글이 걸려 있었다.

– 타히르도 힘들었다. 그는 우리와 다르지 않다. 그는 친구다. 그리고 우리 반에 전학 왔으니 난민이 아니야. 타히르는 우리 반이라고.

세아가 올린 글은 금방 다른 글들 사이에 묻혔지만 상관없다고 생각했다. 중요한 건 남겼다는 사실이다. 기록은 남으면 언젠가 누군가의 눈에 닿는다. 그리고 필요하다면 새로운 기록을 남기면 된다.

아이들은 여전히 타히르를 정면으로 바라보지 못했다. 그러나 세아는 흔들리지 않고 게시판 활동을 열심히 했다. 그리고 다른 아이들에게도 함께하자고 했다.

아민은 교실 안 자기 자리에 앉아 교과서 귀퉁이만 자꾸 접었다 펴고 있었다. 그는 마음속으로 중얼거렸다.

'타히르가 이렇게 된 건……. 내가 영상을 안 올렸다면…….'

아민은 잘 알고 있었다. 영상 속, 자기가 멱살을 잡히던 순간이 어떻게 퍼졌는지. 그날 아무 말도 하지 않았다는 사실이 괴로웠다.

아민은 무엇보다 비굴하게 느껴져 스스로에게 화가 났다.

며칠 후 NGO 활동가가 다시 학교를 찾아왔다. 그는 담임선생님에게 양해를 구하고, 반 아이들 모두에게 말했다.

"너희들, 타히르가 여길 떠나길 원하니?"

아이들은 서로의 얼굴만 바라보며 눈을 깜빡거렸다.

"공감 변호사 쪽에서 미성년 난민 재심 건을 맡아보겠다고 했어. 하지만 시간이 촉박하다. 증언과 기록이 필요해. 타히르 친구들이 좀 도와줄 수 있을까?"

"제가 하겠습니다. 우리가 증언할게요."

세아가 자신 있다는 듯 말했다.

"우리가 다 본 거잖아요. 타히르가 폭군이 아니라는 거."

아이들의 얼굴이 점점 단호해졌다.

그날 밤, 타히르는 집에서 창밖을 보고 있었다. 창밖으로는 초여름의 습기가 스며들었다. 멀리서 개구리 울음소리가 들려왔다.

아빠는 거실에서 TV 뉴스를 켜 둔 채 말없이 앉아 있었다. 엄마는 부엌에서 조용히 그릇을 정리했다.

서로 아무 말도 하지 않았지만, 그 침묵은 익숙해서 오히려 낯설지 않았다. 타히르는 노트를 덮고 창문을 조금 더 열었다. 밖에서 버스 한 대가 지나가자 유리창이 흔들렸고, 그 떨림이 방 한쪽으로 번졌다.

아민은 방 한가운데 선 채 헬멧을 책상 위에 올려두었다. 헬멧 끈을 만지작거리다 그대로 멈췄다. 책상 모서리에 걸어둔 가방은 끝내 열지 않았다. 숙제 앱 알림이 두 번 울리고 꺼졌다.

동네 편의점 셔터가 내려가는 소리, 배달 오토바이가 지나가는 소리, 사람들이 길에서 나누는 말소리가 겹쳐 들려왔다. 하지만 어떤 단어도 귀에 들어오지 않았다.

아민은 휴대전화 화면을 켰다. 단톡방에는 하루 종일 쌓인 글들이 한꺼번에 밀려 올라와 있었다. 누군가는 국제앰네스티 게시판 링크를 또 올렸고, 누군가는 국가 인권위 게시판을 캡처해 올렸다.

- 읽었다, 읽었어. 조회수가 올라갔어.

- 오, 누가 추천 눌렀어.

아이들은 스포츠 중계하듯 떠들었다. 손가락 끝이 화면 위에서 떨려, 채팅 글자가 흐릿하게 흔들렸다. 아민은 화면이 보이지 않도록 휴대전화를 엎어 둔 뒤 의자 등받이에 몸을 기대앉아 말라붙은 입술을 천천히 적셨다.

'내가 그때 말했으면……'

생각은 늘 그 지점에서 멈춰 오래 머물렀다. 아민은 서랍을 열어 보았다. 한쪽 구석에는 자전거 열쇠와 펑크 패치가 모여 있었다. 뚜껑이 반쯤 열린 공구 상자를 힘주어 닫았다. 딱, 소리가 밤공기 속으로 작게 튀었다.

이어폰을 귀에 꽂았다가 다시 뺐다. 지금은 음악 소리마저 더 시끄럽게 느껴질 것 같았다.

그때 현관 쪽에서 엄마가 불렀다.

"밥 차려놨어."

아민은 바로 대답하지 않았다. 자리에서 일어났다가 다시 앉기를 반복했다. 창문 쪽으로 걸음을 옮겼다가, 커튼을 한 번 잡아당겨 쉼표처럼 접었다. 바람이 들어올 틈이 거의 없었다. 아민은 손바닥을 유리에 댔다가 떼었다. 물기가 닿지 않았는데도, 어쩐지 자국이 남은 것처럼 보였다.

다시 책상으로 돌아와 헬멧을 쥐었다. 버클을 채우지는 못

하고, 그대로 책상 구석에 밀어둔 채 불을 껐다. 침대에 누워도 눈꺼풀은 좀처럼 쉽게 내려가지 않았다.

다음 날 0교시 자습 시간이었다. 교실은 조용했다. 다이어리를 펼치는 소리, 연필을 깎는 소리, 빈 물병이 구겨지는 소리. 세아는 교탁 위에 노트를 펴고 교장선생님이 준 책 속 문장을 한 줄 옮겨 적었다.

– 곁에 있는 사람을 지키는 데서 시작된다.

"오늘도 올릴 거야?"
"응, 짧게. 너도 올려."
세아는 국제앰네스티 게시판에 올릴 글을 짧게 다듬고, 국가 인권위 게시판 링크를 다시 확인했다. 제목 칸에는 한글로만 적었다.

– 우리 반 학생에 관한 의견

본문에는 사실만 적고, 보고 들은 말과 추측은 지웠다. 저장 버튼을 누르자 페이지가 새로고침이 됐다. 아무 효과음도 나지 않았다. 화면 상단의 시간만 한 번 바뀌었을 뿐이었다.

점심시간이 되자 세아가 교탁 앞으로 나왔다. 교실 컴퓨터를 켜고 인터넷 창을 열자, 국제앰네스티 한국지부 홈페이지 첫 화면이 떴다. 화면 위에는 굵은 제목이 걸려 있었다.

"가자 지구 어린이 긴급 캠페인"

무너진 건물 앞에 먼지 낀 가방을 멘 아이들의 사진이 크게 띄워져 있었다. 아이들은 무표정이었지만, 눈빛은 희미하게 빛났다.

세아가 화면을 가리켰다.

"얘들아, 전쟁 때문에 학교도 못 다닌대. 우리랑 같은 나이래."

교실은 잠시 고요해졌다. 사진 아래에는 여러 나라 언어로 짧은 문장이 이어졌다.

– 우리는 당신들을 기억합니다.

– 아이들을 지켜주세요.

– 다시 웃을 수 있기를 바랍니다.

수호가 다가와 화면을 넘겼다. 뒷자리 쪽에서 누군가 낮게 말했다.

"…… 타히르도 힘들었겠다."

짧은 한마디였지만 교실 공기는 바뀌었다. 세아는 모니터에서 눈을 떼지 않고 말했다.

"우리도 글 올리자. 타히르 얘기, 우리가 본 사실."

9. 메아리는 돌아온다

NGO 활동가와 변호사가 교실에 들어왔다. 변호사는 공익 인권법재단 공감 소속이라고 자신을 소개했다. 그리고 책상 위에 난민 불인정 통보서를 펼쳐 보이며 말했다.

"통보 사유는 폭력성입니다. 하지만 이 기록은 사실과 다릅니다. 여러분의 증언이 필요합니다."

NGO 활동가가 통역으로 짧게 말을 옮기자, 아이들은 숨을 죽였다. 종이에 박힌 단어들이 유독 차갑게 느껴졌다. 변호사가 덧붙였다.

"본 대로만 적어 주세요. 작은 것 하나라도 도움이 됩니다."

수호가 자리에서 일어났다.

"제가 먼저 쓰겠습니다. 단톡방에 글 올린 게 저였어요. 그게 이렇게 될 줄 몰랐어요. 타히르가 먼저 그런 게 아니었는데……."

교실은 정적에 잠겼다. 그러나 곧 여기저기서 다른 손들이 올라왔다.

"저도요. 잘못 전해진 걸 바로잡고 싶어요."

변호사는 고개를 끄덕였다.

"고맙습니다. 여러분이 흐름을 바꿀 수 있습니다."

그날 오후, 상담실에는 아이들이 모였다. 종이를 받아든 손들은 진지했다. 문장은 짧았지만 구체적이었다.

- 누가 먼저 발을 걸었는지 보았다.
- 영상에는 잘린 부분이 있었다.
- 자막은 실제와 달랐다.

변호사는 한 줄 한 줄 확인하며 고개를 끄덕였다. A4 종이 위에 적힌 글들이 쌓여 갔다.

며칠 후, NGO 활동가가 학교 복도 끝에서 타히르의 이름을 불렀다. 교실 안은 수업 준비로 분주했지만, 타히르는 문을 열고 밖으로 나갔다.

"타히르, 네 누나 라나가 한국에 도착했어. 곧 만날 수 있을 거야."

타히르는 갑자기 숨이 막히는 느낌이었다. 눈물이 왈칵 솟구치는 걸 참으려고 고개를 하늘로 치켜올렸다.

'누나, 우릴 찾아냈구나.'

학교 수업이 끝나자 아이들은 책가방을 둘러메고 교문으로 쏟아져 나왔다.

교문 앞에는 학원 버스를 기다리는 무리가 서 있었고, 몇몇은 편의점 앞에 모여 아이스크림을 사 먹으며 웃고 있었다.

운동장에서는 축구부 아이들이 여전히 공을 차고 있었다.

아민은 혼자 자전거를 끌고 서 있었다. 얼굴은 창백했고, 눈빛은 흔들렸다. 며칠 전부터 교실에 떠돌던 소문이 다시 귓가에 맴돌았다.

"타히르 난민 심사 떨어질 거래. 학교에서 문제 일으켜서 그렇대."

아민은 고개를 숙였다. 가슴이 비어 있는 것 같았다. 멱살을 잡혔던 그날의 장면이 떠올랐다. 영상이 퍼지지 않았다면, 소문이 돌지 않았다면, 타히르는 불인정을 받지 않았을지도 모른다고, 스스로 중얼거렸다.

"다 나 때문이야. 내가 웃고 넘겼더라면."

그날 이후로 아민은 밤마다 잠을 이루지 못했다. 온갖 소리가 자신을 책망하는 듯했다.

골목길에서 배달 오토바이가 빠르게 지나가는 소리가 들렸다. 바람 자락이 비닐 현수막을 스쳤다.

아민은 조용히 집을 나갔다. 가족들은 모두 잠들었고, 아무도 그가 나가는 줄 몰랐다. 집에 조용히 있으려니 너무 답답했다. 자전거 열쇠를 풀고 두 바퀴 위에 몸을 실었다. 그리고 자전거 페달이 마치 자신인 듯 세게 밟았다. 다리를 쉼 없이 움직였고, 그의 자책은 손끝까지 떨리게 했다. 자전거 핸들을 움켜쥔 손이 흔들렸다. 서 있을 수가 없었다.

페달을 밟자 바퀴가 덜컹 소리를 내며 어두운 길을 굴러갔고 바람이 얼굴을 세차게 때렸다. 아민은 멈추지 않았다. 오히려 더 세게 밟았다.

'내가 만든 일이야. 그래서 그가 쫓겨나는 거야. 그들은 어디로 갈까?'

아민은 부모님이 난민으로 이곳에 와서 정착하느라 고생을 많이 했다는 이야기를 들었다. 그때 이 나라에 머물지 못했다면 자기도 지금처럼 편하게 지내지 못했을 거라는 걸 알고 있었다. 상황이 조금 바뀌었다고 너무 막 나갔다는 생각이 들었다.

핸들이 크게 흔들렸고 차도에 가까워졌다. 순간 트럭 불빛이 번쩍였다. 브레이크를 잡으려 했지만 이미 늦었다. 자전거가 옆으로 기울며 아민의 몸이 공중으로 튀어 올랐다.

쿵, 땅에 부딪히는 소리, 급정거하는 브레이크, 주변의 비명이 뒤섞였다.

다음 날 아침, 담임선생님이 굳은 얼굴로 교실에 들어왔다.

"아민이…… 어젯밤 자전거를 타다가 크게 다쳤다고 한다."

"많이 다쳤나요?"

담임선생님은 아이들이 동요할까 봐 말을 아끼는 듯했다. 교실은 술렁였다.

'밤에 왜 자전거를 타?'

세아는 자리에서 그대로 굳었고, 타히르는 숨을 들이켰다. 귀가 멍해지고 가슴이 조여 왔다. 아민의 빈자리는 이제 단순한 결석이 아니었다. 무겁고 깊은 공백이 되었다.

수업을 마치고 세아와 타히르, 수호는 아민이 입원한 병원을 찾았다. 병원 복도는 환한데도 어둡다는 생각이 들었다. 긴 형광등 불빛이 일정하게 번쩍였지만, 빛은 차갑고 생기가 없었다.

바닥은 반들반들하게 닦여 있었고, 소독약 냄새가 희미하게 남아 있었다. 사람들의 발자국이 지나갈 때마다 신발 밑창이 바닥을 스치는 소리가 복도 공기 속에서 크게 울렸다.

아민은 중환자실에 있었다. 면회는 하루에 두 번인데 오후 8시가 되어야 한 사람씩 가능하다고 했다.

"아니, 얼마나 다쳤길래 중환자실에 있지?"

세아는 맘이 조급했다. 생각해보니 한동안 아민에게 화만 낸 것 같았다.

아민 엄마는 울면서 말했다.

"아민이 깨어나지 않는구나."

타히르는 주저앉았다. 친하지도 않고, 자기에게 잘해주기는 커녕 적대시한 아민이 다쳐서 의식이 없다는데 왜 이렇게 마음이 아픈지 알 수 없었다.

"타히르, 아민은 깨어날 거야."

세아가 타히르의 등을 두드려주었다.

수호도 타히르 옆에 묵묵히 있었다. 늘 장난을 잘 치던 수호도 말이 없었다. 중환자실에서 잠깐 본 아민의 얼굴은 지나치게 창백했다. 코와 입에는 산소 튜브가 걸려 있었고, 이마에는 하얀 거즈가 붙어 있었으며, 팔에는 링거가 연결돼 있었다.

가슴이 오르내리는 건지 기계가 대신 숨을 불어넣는 건지 분간이 되지 않았다. 눈꺼풀은 감겨 있었지만 아주 미세하게 떨리고 있었다.

아이들은 날마다 아민이 입원한 병원에 면회를 갔다. 부디 아민이 일어나길 바라는 마음이었다. 며칠 후, 아민은 일반병실로 옮겼다. 의식이 없는 것 외엔 특별한 게 없어서 더 이상 중환자실에 있을 이유가 없다고 했다.

타히르는 휴일에도 세아와 둘이서 다시 아민이 있는 병원을 찾았다. 타히르는 병실 문 앞에 서서 한동안 손잡이만 바라보았다. 손끝에는 땀이 젖어 있었고, 작은 금속 냄새가 묻어났다. 안으로 들어가면 모든 게 현실이 된다.

"괜찮아, 들어가자."

세아가 옆에서 작게 말했다. 타히르는 천천히 고개를 끄덕이며 손잡이를 돌렸다.

침대 위에 아민이 누워 있었다.

아민은 우루크 도시의 거리를 걷고 있었다.

'왜 이렇게 기운이 없지?'

문득 야생에서 거칠게 살던 시간이 떠올랐다.

'무슨 일이지? 난 야생에서 산 적이 없는데.'

어지럼증을 느끼며 아민은 그대로 주저앉았다. 하늘도 땅도 빙빙 돌았고, 깨어나 보니 집이었다. 아니, 집이 아니었다. 낯 선데 익숙했다.

"엔키두!"

누군가 자신을 부르며 몸을 흔들었다. 그런데 자기 이름이 아니었다.

"엔키두, 걱정하지 마. 너를 잃지 않아. 나는 너 없으면 안 돼!"

"타히르?"

"나야, 나. 길가메시."

아민은 대답할 기운이 없었다. 몸 깊숙이 병이 잦아드는 건 느끼고 있었다. 기력이 쇠하고 숨이 가빴다. 숨을 쉬는 일이 이렇게 힘든 일인지, 또 이렇게 고마운 일인지도 몰랐다.

길가메시의 얼굴은 눈물범벅이었다. 거인이 울고 있다. 나 는 엔키두가 아니라 아민이라고 말하고 싶지만, 할 수 없었다. 아민은 이 거인이 타히르와 닮았다고 생각했다.

타히르, 길가메시.

갑자기 지난 일이 떠올랐다. 전에 타히르가 의식을 잃었을 때 자기를 보고 "엔키두!"라고 했었다는 것을. 아민은 길가메시의 머리를 쓰다듬었다. 손을 조금만 움직여도 온몸의 힘이 모두 빠져나가는 것 같았다.

분명 잠에서 깼는데 눈이 떠지지 않았고, 진짜 같은 꿈이 연이어 찾아왔다. 늘 자신은 엔키두였다.

타히르는 침대 곁으로 다가가 손을 뻗었다. 아민의 손을 잡았지만, 싸늘하기만 했다. 그 차가운 온도에 본능적으로 움찔했지만 곧 잡은 손을 더 꽉 쥐었다.

잠시 후, 병실 문이 다시 열렸다. 히잡을 단정히 두른 여인이 들어왔다. 아민의 엄마였다. 짙은 남색 천이 이마와 어깨를 감싸고 있었고, 얼굴에는 깊은 피로와 걱정이 주름처럼 내려앉아 있었다.

그녀는 곧장 아들의 손을 잡았다. 손끝이 떨렸지만 곧 두 손으로 감싸 쥐었다. 눈을 감고 입술을 달싹였지만 소리는 들리지 않았다. 오래된 신앙과 모성의 무게가 그 작은 기도 속에 담겨 있었다.

아민의 아빠도 병실로 들어왔다. 검은 셔츠 차림에 얼굴은 굳은 표정이었다. 그는 곧장 창가로 가서 팔짱을 낀 채 바깥만 응시했다. 굳게 다문 입술은 그의 마음을 보여주고 있었다.

그때, 타히르에게 전화가 왔다. 아빠였다.

"빨리 와라."

아빠는 그 말만 하고 전화를 끊었다.

'무슨 일이지?'

타히르는 궁금했지만, 지금은 얼른 집으로 가보는 수밖에 없었다.

"내일 다시 올게요. 지금은 집에 가 봐야 할 거 같아요."

타히르가 집에 도착하자 아빠는 좁은 거실을 왔다 갔다 하며 초조해하고 있었다.

엄마는 식탁에 앉아 기도하고 있었다.

"무슨 일이에요?"

또다시 불안함이 타히르의 마음을 비집고 들어왔다. 아빠가 대답했다.

"타히르, 네 누나 라나가 도착했어. 지금 공항에서 NGO 차를 타고 오는 중이야."

타히르는 알락꼬리마도요새가 떠올랐다. 머릿속에 오래된 얼굴이 스쳤다. 황혼의 사막에서 길가메시를 위로하던 시두리의 모습. 그와 라나의 얼굴이 겹쳐졌다.

그때 초인종이 울렸다. 타히르가 현관문 쪽으로 향하려는 순간, 엄마가 가장 먼저 달려가 문을 열었다.

　　NGO 난센 직원이 먼저 보이고, 작은 여행 가방이 보였다. 뒤이어 마르고 까만 사람이 들어왔는데, 어깨에는 까만 배낭을 메고 있었다.

　　"오, 라나!"

　　"엄마!"

　　라나 누나가 온 것이다. 가족을 찾아서, 혼자.

　　엄마와 누나는 서로를 껴안고 눈물을 흘렸다. 이윽고 누나는 아빠와도 꼭 껴안았다. 아빠는 라나 누나의 등을 두드리며 잘 왔다고 말했다.

　　"잘 왔다. 잘했어."

　　누나는 검은 셔츠와 검은 바지를 입고 있었다. 짧게 자른 쇼트커트 머리는 타히르보다 짧아 보였다. 그런데 히잡이 보이지 않았다.

　　"히잡을 벗은 건 세상과 싸우려는 게 아니에요. 이제 나도 내 이름으로 살아가고 싶어서예요."

　　라나 누나의 말은 짧았지만, 공기 전체를 울렸다. 겉모습은 예전과 달라졌지만 눈빛만은 라나 누나가 분명했다.

　　아빠와 엄마는 누나의 차림새 같은 것은 전혀 개의치 않는 듯했다. 누나가 살아 돌아온 것만으로도 충분히 기뻐 보였다. 아빠는 고개를 떨궜고, 엄마는 눈가에 맺힌 눈물을 감추지 않았다. 충격과 거부감보다, 서로를 잃을 뻔했던 시간이 만들어 낸 수긍이 더 크게 자리했다.

“라나?”

타히르의 목소리가 갈라졌다.

아빠와 엄마도 그 자리에서 굳었다. 아빠의 눈썹이 크게 흔들렸고, 엄마는 눈물을 흘리며 신에게 기도했다.

“감사합니다. 감사합니다. 신이시여.”

라나는 곧장 타히르 앞으로 다가와 악수를 청했다.

“타히르?”

타히르는 놀라서 입이 다물어지지 않았다.

“라나 누나!”

‘아, 정말 찾아왔구나. 누나가.’

타히르는 장항습지에서 해설사가 이야기한, 무리에서 이탈했던 알락꼬리마도요가 생각났다.

‘역시, 라나 누나. 언제나 길을 찾아내지.’

타히르는 누나를 덥석 껴안았다.

“와! 너 왜 이렇게 거인이 되었어? 내가 아는 타히르 맞아? 징그러워.”

“징그럽다니. 누나, 누나는 너무 멋져진걸? 그사이 남자가 된 거야?”

누나는 타히르의 등을 세게 때렸다. 타히르는 ‘라나 누나 맞네’라고 생각했다.

며칠 뒤, NGO 변호사가 타히르의 집을 찾아왔다. 짙은 회색 정장을 입고 있었는데, 정장 같지 않게 옷에 잔주름이 있었고, 무릎도 튀어나와 있었다. 안경 너머의 눈빛은 피곤해 보였다. 변호사는 자리에 앉자마자 가방에서 두툼한 서류철과 종이 한 장을 꺼냈다.

"재심 신청했습니다. 아이들이 쓴 증언서, 교사의 확인서, 국제앰네스티 게시판에 올라온 글, 그리고 학교 앞에서 피켓을 든 사진까지 모두 첨부했습니다."

통역사가 차분하게 아랍어로 옮겼다. 아빠는 고개를 끄덕였고, 엄마는 두 손을 무릎 위에 올려놓은 채 시선을 바닥에 두었다. 라나 누나는 한쪽에 앉아 눈을 감고 있었는데, 표정은 웃고 있었다. 라나 누나는 언제나 긍적적이었다.

'다 잘될 거야. 내가 잘 찾아온 것처럼. 그리고 우리가 다시 만난 것처럼.'

타히르는 변호사의 입술을 따라가며 무슨 말인지 바로 알아들어 보려고 했지만, '재심' '증언서' '첨부' 같은 낯선 단어들이 머릿속에서 느리게 맴돌았다. 그러나 하나만큼은 분명히 알았다.

'다시'. 타히르는 다시라는 말이 참 좋다고 생각했다. 언제든 다시, 무너졌던 자리에 다시.

변호사는 서류철을 정리하며 덧붙였다.

"시간은 걸립니다. 하지만 포기하지 마세요. 이미 목소리가 모이고 있습니다. 그게 힘이 됩니다."

그 말은 간단했지만, 그 자리에 있던 모두의 어깨를 조금이나마 펴 주는 말이었다.

교실 안에서는 작은 움직임이 퍼져 나갔다. 점심시간이 되자 세아가 몇몇 아이들에게 종이를 내밀었다.

"타히르에 대해 솔직하게 써줘. 네가 본 걸 한 줄만이라도."

처음에는 누구도 쉽게 펜을 들지 못했다. 교실 공기에는 여전히 '불인정'이라는 단어가 옅은 그림자처럼 떠다니고 있었다. 그러나 한 아이가 조심스럽게 펜을 들어 짧게 적었다.

ㅡ 타히르는 우리와 똑같이 공부했다.

옆에 있던 아이도 펜을 들어 한 줄을 더 썼다.

ㅡ 위험하지 않았다.

수호는 한참 동안 종이를 들여다보다가 마침내 펜을 들었다.

ㅡ 그때 나는 옆에서 아무 말도 하지 못했다. 하지만 타히르는 폭군이 아니었다.

민재는 머뭇거리다가 종이에 적었다.

ㅡ 타히르는 내 물건을 빌리고 고맙다고 말했다.

늘 맨 뒷자리에 앉아 조용하던 아이도 펜을 들어 한 줄을 남겼다.

ㅡ 타히르는 그냥 전학생이었다.

종이는 금세 여러 장이 되었다. 문장들은 모두 짧았지만, 거기에는 꾸밈없는 기록이 있었다.

역사 선생님도 증언을 남겼다.

– 타히르는 아이들과 잘 지내려 최선을 다했다.

아이들의 짧은 문장과 선생님의 글은 NGO 변호사의 서류철 안으로 들어갔다. 그렇게 모인 종이들은 더 이상 가벼운 A4 용지가 아니라 하나의 무게가 되었다.

어느 날 오후, NGO 활동가가 타히르를 불러 세웠다. 창문 너머로 햇빛이 교실 바닥에 기울어 있었다.

"알지? 네가 지금 살고 있는 이 땅, 일산에서도 오래전에 볍씨가 발견된 적이 있어. 열두 톨뿐이었어. 하지만 사람들은 그걸 자기들의 시작이라고 믿지. 가와지 볍씨라고 부른단다."

타히르는 고개를 들었다. 낯선 이름이었지만, NGO 활동가의 목소리는 담담하고 확신에 차 있었다.

세아가 옆에서 말을 보탰다.

"작은 씨앗이지만 지금까지 이어져 왔대. 기록도 그렇지 않을까? 아무도 모른다고 해도 남아 있으면 언젠가 살아날 수 있어. 너도 그렇잖아."

타히르는 가슴이 뻐근해졌다. 길가메시의 점토판과 한국의 볍씨 열두 톨이 겹쳤다. 작고 사라질 것 같은 흔적이지만, 세월을 건너 살아남아서 지금까지 이어져 온 증거다.

타히르는 매일 아민의 병실에 갔고, 밤늦게까지 있기도 했다. 병실의 밤은 길었다. 수시로 드나들자, 간호사들이 아민과 타히르를 힐끔거렸다. 창문 바깥은 이미 어둠이 깔렸고, 가로등 불빛이 병실 벽을 희미하게 물들였다. 나무의 그림자가 유리창에 흔들렸지만, 병실 안은 무거운 정적만 가득했다.

타히르는 의자에 앉아 아민의 손등을 쓰다듬었다. 아민의 손은 차가웠다. 싸늘한 감촉이 오래 이어지자 손끝이 얼얼했다.

간호사가 들어와 링거액을 갈았다.

삐, 삐.

기계음만이 일정하게 울려 퍼졌다. 그 소리가 오히려 모두를 붙잡아두는 것 같았다.

아민의 엄마는 히잡 끝을 꼭 움켜쥔 채 눈을 감고 있었다. 마치 온 마음을 모아 신에게 비는 듯 간절한 얼굴이었다. 아빠는 창가에 서서 팔짱을 낀 채 말없이 바깥을 바라보았다. 표정은 굳어 있었지만, 어깨가 느리게 들썩였다.

시간은 더디게 흘렀다. 새벽이 다가오자 복도 불빛은 조금씩 희미해졌다. 간호사가 다시 들어와 기계를 살폈고, 잠시 망설이다가 아민의 산소마스크를 벗겼다. 공기가 바뀌었다.

아민의 숨결은 여전히 거칠었지만, 기계 도움 없이도 이어지고 있었다. 타히르는 작은 기척에도 곧장 몸을 일으켰다. 눈은 아민의 얼굴에 고정되어 있었다.

창백하던 얼굴에 희미한 혈색이 스며들었다. 볼 끝이 아주 미약하게 물들었고, 입술이 떨렸다. 눈꺼풀이 느리게 흔들렸다.

"아민……."

타히르의 목소리는 갈라졌다. 목구멍까지 울음이 차올랐지만 억눌렀다.

아민의 눈꺼풀이 열리더니 검은 눈동자가 드러났다. 초점은 흐릿했지만, 분명히 움직이고 있었다. 입술이 삐죽 움직였다.

"저…… 자식…… 뭐라는 거야."

짧은 숨 사이로 나온 농담이었다.

아민의 엄마가 손으로 얼굴을 감싸며 토하듯 울음을 내뱉었다. 아민의 아빠는 아들의 이름을 부르며 눈물을 뚝 떨어뜨렸다.

타히르는 긴 숨을 내쉬었다. 얼마나 다행인지 몰랐다. 전생에 타히르가 길가메시고, 아민이 엔키두였어도 지금의 타히르와 아민은 타히르와 아민이다. 둘은 길가메시 이야기를 그대로 따라가지 않는다.

타히르는 세아에게 전화해서 다짜고짜 말했다.

"아민 깨어났어."

아민 부모님이 잠시 의사 선생님을 만나러 나가자 타히르는 아민의 손을 잡았다. 아민의 손에는 아직 힘이 없었지만, 그래도 괜찮았다.

타히르는 자꾸 웃음이 났다. 지금은 아민과 타히르다.

"아민, 살았다. 살았어."

아민은 마치 동조하는 듯 눈을 살짝 떴다가 감았다. 이번에는 무력한 혼수상태가 아니라 휴식 같았다. 가슴과 배는 숨을 따라 규칙적으로 오르락거렸다. 타히르는 그 모습을 오래 바라보았다.

전화를 끊은 세아는 휴대전화 메모장에 글을 썼다.

– 아민 깨어나다. 우리를 알아보았고, 우리는 놓지 않았다. 이제 다시 시작할 수 있다.

세아는 저장 버튼을 터치하고, 한참 동안 글을 바라봤다.

조용히 창문을 열었다. 늦여름의 끈끈한 공기가 방 안으로 들어왔다. 끝날 것 같지 않은 여름이 힘을 잃은 듯 서늘함이 묻어 있었다.

'시간이 가는구나, 오늘은 우리가 살아있는 오늘이다.'

세아는 오늘이 바로 우리가 살아있는 오늘이라는 것을 천천히 실감했다.

길가메시와 난민 소년

발행일 I 2026년 1월 19일 초판 1쇄
지은이 I 이상미
펴낸이 I 장영훈
펴낸곳 I (주)이츠북스
책임편집 I 고은경
편집 I 김영경, 주순옥, 박희성
마케팅 I 남선희, 최지민, 김정빈
디자인 I 디자인글앤그림
표지 일러스트 I 오슬기

출판등록 I 2015년 4월 2일 제2021-000111호
주소 I 서울특별시 강서구 화곡로 416, 1715~1720호
대표전화 I 02-6951-4603
팩스 I 02-3143-2743
이메일 I 4un0-pub@naver.com

홈페이지 I www.4un0-pub.co.kr
SNS 주소 I 페이스북 www.facebook.com/saungonggam
　　　　　　인스타그램 www.instagram.com/saungonggam_pub
　　　　　　블로그 blog.naver.com/4un0-pub

ISBN I 979-11-94531-29-6 (43810)

사유와공감은 (주)이츠북스의 출판 브랜드입니다.

사유와공감은 독자 여러분의 책에 관한 아이디어와 원고 투고를 기쁜 마음으로 기다리고 있습니다. 책 출간 아이디어가 있으신 분은 이메일 **4un0-pub@naver.com** 또는 사유와 공감 홈페이지 '작품 투고'란으로 간단한 개요와 취지, 연락처 등을 보내 주세요. 여러분을 언제나 응원합니다. ☺